엄마는 모르는 스무 살 자취생활

생활과 생존 사이,

낭만이라고는 없는

현실밀착
독립 일지

빵떡씨 지음

자음과모음

차례

집

생활

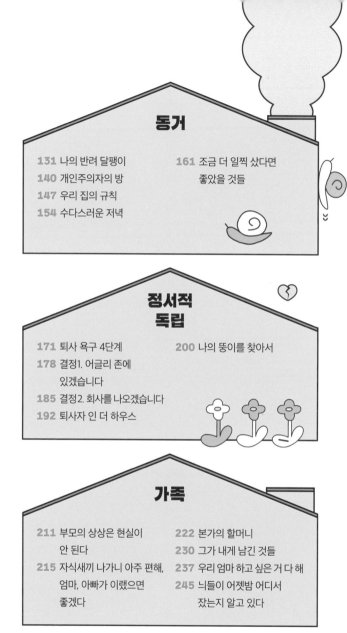

집

딸
깍

미션 파서블?
서울에서 **전셋집 구하기**

서울, 사회 초년생에겐
너무도 잔인한 그 이름

내 나이 26세, 드디어 본가를 나와 서울에 전셋집을 얻었다. 동생 석구와 함께였다. 덕분에 경기도에서 서울까지 왕복 4시간의 통근에 종지부를 찍을 수 있었다. 대학생 때부터 장장 6년이었으니, 이쯤되면 코레일에서 개근상이라도 줘야 하지 않을까.

해 뜨기 전에 나가서 해 진 후에 돌아오는 생활에 나는 시들시들 말라갔다. 하지만 부모님은 자취를 시켜줄 생각이 요만큼도 없으셨다. 돈도 돈이지만 혼자 사는 여자와 관련된 흉흉한 뉴스를 너무 많이 본 탓이 컸다. 부모님의 뇌는 이미 '자취'를 '강력 범죄'에 노출되는 것으로 인식하고 있었다. 왜 죄는 나쁜 놈들이 저지르고 피해는 내가 봐야 하는지 서러울 따름이었다.

그러던 중, 대학을 졸업한 석구가 서울에 취직하게 되었다. 그때부터 나는 부모님을 필사적으로 설득하기 시작했다. 여자 혼자 사는 건 위험하지만 성인 남성과 함께 산다면? 게다가 그 성인 남성이 합기도 2단에 몸무게가 80킬로에 육박한다면? 석구라는 명분은 강력했고, 부모님은 마뜩지 않지만 어쩔 수 없이 자취를 허락해주셨다.

부모님의 허락이 떨어지자마자 석구와 나는 바로 전셋집을 알아보러 다녔다. 내가 다니는 회사와 석구가 다니는 회사 사이 어딘가에 집을 얻어야 했다. 서로 자기 회사 가까이에 살려고 싸우다 형제와 양심을 다 잃을 뻔했다.

내가 전셋집을 구한다고 하니 홍대를 다녔던 친구가 '싼 전셋집 찾다가 김포공항까지 갔다'는 이야기를 해줬다. 처음엔 '이 친구 농담도 참'이라고 생각했는데, 직접 구하러 다녀보니 그 말은 현실 반영 그 자체였다. 서울에서 전셋집을 구하는 건 정말 고난도의 일이었다. 나와 석구의 미션은 버스정류장이 가깝고 깔끔한 투룸 전셋집을 구하는 것이었다.

우리의 예산은 8천만 원이었는데, 역세권을 바라는 것도 아니니 우리는 꽤 합리적인 조건이라고 생각했다. 하지만 우리의 요구 사항을 듣자 부동산 사장님은 "쓰흐으읍… 흐아아…"라는 소리를 내며 그 일대 미세먼지를 이산화탄소로 치환하길 반복했다. 미간에 주름이 플룸라이드를 탈수 있을 만큼 깊게 파였을 때 부동산 사장님은 자리를 박차고 일어났다. 그리고 우리를 한 옥탑방으로 데려갔다. 가는 내내 "여기가 천장이 쪼끔 낮아. 많이는 아니고 쬐애끔…" 하며 밑밥을 까시는 게 어딘가 수상했다. 아니나 다를까, 석구가 기지개를 켜다가 천장에 붙은 먼지를 닦을 수 있을 만큼 층고가 낮았다. 마치 영화 〈모모와 다락방의 수상한 요괴들〉에 나오는 다락방 같은 느낌이라고나 할까. 키가 큰 요괴라면 목디스크를 걱정해야 할 정도였다.

8천만 원으로는 도저히 둘이 살만한 집을 구할 수가 없었다. 할 수 없이 우리는 예산을 상향 조정했다. 부동산 사장님은 1억짜리 집이 있다며 우리를 데려갔다. 돈의 자릿수가 바뀌니 이제야, 사람이 살 만한 구색 갖춘 집을 볼 수 있었다. 평수도 나쁘지 않고 채광도 괜찮았다. 그런데… 화장실이 보이지 않았다. 나와 석구가 두리번거리자 사장님은, 서프라이즈 고백을 준비한 남자친구처럼 '짜잔' 하며 계단 아래 자투리 공간에 붙어 있던 문을 열어젖혔다. 변기가 계단 밑에 박혀있는 XS 사이즈 화장실이었다. 불길함을 감지한 석구와 나는 바로 눈빛을 주고 받았다. '허리를 펴고 똥을 쌀 수 없겠는걸?' '그러게…' '저 화장실에서 똥을 싼다면 장까지 살아가는 유산균도 구부러진 장에서 길을 잃고 다 뒤질 거야…'. 석구와 나는 보는 것만으로도 변비에 걸릴 것 같은 그 집을 얼른 빠져나왔다.

대학생이나 사회 초년생이 처음 자취방을 구할 때 흔히 하는 실수가 있다. 부동산 사장님만 쫄래쫄래 따라다니다가 나중에 '그 집 수압이 괜찮았나? 거기가 반전세도 된다고 했나? 첫 번째 집이 아니고 세 번째 집이었나?' 어버버하며 다 까먹어버리는 것이다. 그러니 집을 보러 다닐 땐 미리 확인할 사항을 표로 만들어서 체크하는 게 좋다. 집의 수압은 어떤지, 곰팡이 핀 곳은 없는지, 도배를 따로 해야 하는지, 화장실은 제대로 박혀 있는지 등등. 그래야 나중에 결정하기 수월하다. 물론 위에서 본 두 집은 정리할 필요도 없이 기억 속에서 지워버렸다.

나와 석구는 다른 부동산으로 향했다. 두 번째로 찾아
간 부동산 사장님은 보증금 6천만 원에 월세 15만 원짜리 반
전세 투룸을 당장 보여주겠다고 하셨다. 이미 호되게 당하
고 온 우리는 '오 서울에 그렇게 싼 곳이?'라는 기대보다 '얼
마나 열악한 곳이길래…' 하는 뜨악함이 앞섰다. 사장님은
부동산 문을 열고 나와 세 발짝 걷더니 바로 옆 건물의 창고
문을 열어주셨다. 나는 소스라치게 놀라며 생각했다. '맙소
사 창고가 아니라 집이었어…'.

　그 집은 영화 〈해리 포터와 마법사의 돌〉에서 해리가
살던 사촌 두들리네 집 벽장을 연상케 했다. 좁고, 해가 들지
않아 퀴퀴한 냄새가 나고… 거기서 살 수 있다면 그것이 바
로 마법이었다. 게다가 문을 열면 바로 앞이 도로였다. 현관
문에서 길까지의 거리가 0.1초라 출근 시간을 절약할 수 있
다는 슬픈 장점이 있었다. 누군가 여기서 살았고, 앞으로도
살게 될 것이라는 사실이 아득했다.

　이런 하자 많은 집을 보여주며 부동산 사장님들이 둘러
대는 멘트는 대단히 기발하다.

"계단이 너무 가파른데 올라가다 다치는 거 아니에요?"

"술 안 먹고 정신 똑바로 차리면 안 다쳐!"

"방이 너무 좁은데요?"

"책상 밑에 발 넣고 누우면 딱~ 맞아."

"방 가운데에 기둥이 있어요!"

"피해 다니면 되지!"

'다행히 배에 구멍 뚫고 자라고 하진 않으시네요…' 이쯤되니 어째서 이런 집들이 애초에 주거 공간으로 허가가 날 수 있었을까, 하는 의문이 들었다. 동시에 책 속 한 문장이 생각났다. 소설 《안나 카레니나》는 이런 문장으로 시작한다. "행복한 가정은 모두 고만고만하게 닮았지만, 불행한 가정은 모두 제각각의 이유로 불행하다." 집도 마찬가지였다. 살기 좋은 집은 여러 조건을 다 충족했기 때문에 다 고만고만하지만, 이 조건들 중 하나만 조져도 삶이 고단해지기 때문에 나쁜 집은 제각각의 이유로 나쁘다. 어떤 집은 좁고, 어떤 집은 습하고, 어떤 집은 교통편이 안 좋은 것처럼.

이후 나와 석구는 스무 군데 정도 더 돌아다닌 후에야 집을 정할 수 있었다. 버스 정류장이 가깝지만 둘이 겨우 살 수 있는 좁은 평수의 투룸이었다. 이 정도의 전셋집을 구하기 위해서는 1억 2천만 원이 필요했다. 엄마가 처음 전셋집을 살 때, 끼고 있던 반지까지 팔았다는 이야기는 아무래도 진짜인 것 같았다. 나 역시 화장실 정도만 내 돈으로 빌릴 수 있었고, 나머지는 은행의 도움을 받았다.

경험자로서 한 가지만 당부하자면, 집을 계약하기 전에 은행에 가서 먼저 상담을 받아야 한다. 내가 대출 받을 수 있는 조건이 되는지, 어떤 집이 대출 기준에 맞는지(모든 집이 다 되는 게 아니더라) 등을 알고 집을 계약해야 한다. 나는 거꾸로 집부터 대뜸 계약하고 대출 상담을 받으러 가서 하마터면 대출을 못 받을 뻔했다. 다시 생각해도 아찔하다.

준비해야 할 서류는 생각보다 많았고, 나는 일주일 안에 이 서류들을 모두 제출해야 하는 상황이었기에 매일 은행에 갔다. 은행원들이 나를 기억하고 '맨날 대출받으러 오시는 분'으로 부를 정도였다. 대출 승인이 난 날, 나와 석구는 전세 대출금을 다 갚을 때까지 먼저 퇴사하지 않겠다는 형제의 서약을 했다. 다행히 아직은 둘 다 착실하게 회사에 다니고 있다. 어쩐지 돈은 착실히 모이지 않지만, 원금 상환일까지는 많이 남았으므로 조급해하지 않기로 했다.

구옥은
위험해

좁은 집 vs 낡은 집, 어디에 살 것인가?
사회 초년생의 밸런스 게임

유난히 잠이 오지 않는 밤이었다. 그날 저녁 나와 석구는 '우리의 인생은 어떻게 흘러 가고 있는가'에 대해 진지하게 이야기를 나눴다. '커리어'라는 이름을 붙이기도 애매한 우리의 1~2년짜리 경력이라든가 어른들이 은근히 물어오는 결혼 등에 대한 이야기를 사뭇 엄중하게, 한숨과 끄덕임을 섞어 가며 나눴다.

이야기가 끝난 후에도 나는 쉽게 잠들지 못했다. 새벽 분위기에 취해 인생의 의미, 우주의 존재 같은 걸 생각했다. 그렇게 생각과 꿈 사이 어딘가로 노곤하게 빠져드는데…"톡톡…톡톡톡…톡" 창가에서 소리가 났다. 나는 잠의 문턱에서 '아, 인생이 다가오는 발자국 소리인가…' 하는 생각을 하다가 그럴 리 없다는 걸 깨닫고 퍼뜩 일어났다. 소리 나는 쪽을 보니 여느 때처럼 창문은 닫혀 있었다. 소리의 원인은 보이지 않았다. '별거 아니겠지' 하며 다시 누우려는 순간, 커튼이 스륵 걷히며 건장한 바퀴벌레가 등장했다.

한국 영화사 최고의 등장신으로 손꼽히는 〈관상〉의 이정재도 한 수 접고 갈 압도적 등장이었다. 내 주먹의 반 만한 크기였고, 스쿼트를 꽤 한 듯한 튼실한 다리의 소유자였다. 나는 벌레가 이럴 수는 없다고 생각했다. '무슨 벌레가 발자국 소리를 내고 지형지물의 변동을 일으키면서 등장해? 벌레라기보다는 동물, 아니 괴생명체에 가깝지 않나?' 하지만 지금 내겐 나무위키에서 바퀴벌레의 정의를 검색해 볼 여유 따위는 없었다. 저 보스급 몬스터를 때려잡을 파티원을 재빨리 구해야 했다.

"석구야!! 석구야아!!!"

파티원 소환 주문에 석구는 "무야…! 뭐야!" 하며 자기 방에서 비척비척 튀어나왔다. 나는 발가락도 펴지 못하고 바들

거리며 창문 쪽을 가리켰다. 급하게 나온 탓에 미처 안경을 쓰지 못해 뵈는 게 없던 석구는 "뭔데, 뭔데" 하며 성큼성큼 다가가다가 "어우쒸!!" 하며 다가갈 때의 두 배 속도로 뒷걸음질 쳤다. 시력 0.1에게도 그 존재감은 압도적이었나보다.

　잠시 후 석구는 안경과 두꺼운 잡지, 에프킬라를 챙겨 왔다. 나는 "가라 피카츄!"를 외치며 포켓몬을 등 떠미는 〈포켓몬스터〉의 주인공 지우처럼, 석구 뒤에 숨어 "빨리 어떻게 좀 해봐! 저러다 도망간다 도망가!"만 외쳤다. 석구는 감당할 수 없는 큰 액수의 로또에 당첨된 사람처럼 "와아아 이거 어떡하냐? 우와아 진짜 이거 어떡하냐?"라는 탄성만 반복했다. 석구는 이 집에서 바퀴벌레를 잡을 사람은 본인뿐이라는 책임감과 그래도 이건 진짜 존나 크고 무섭다는 본능 사이에서 갈팡질팡했다. 그렇게 한참을 망설이다가 결국 바퀴벌레를 잡긴 잡았다. 그 과정은 굳이 자세히 설명하지 않으려 한다. 그저 "뚜와이씨!! 따쒸!" 하는 고성과 욕설만 흐릿하게 기억날 뿐이다.

　사건이 수습된 후 나는 다시 자려고 침대에 누웠다. 하지만 잠이 올 리 없었다. 조그만 기척에도 벌떡 일어나 미친 듯이 방 안을 두리번거리다 새벽 4시쯤 지쳐 잠이 들었다.

나는 졸음과 경계심 속에서 이런 생각을 했던 것 같다. '새벽에 바퀴벌레가 기어나오는 집에서는 철학적 사유를 할 수 없다. 일단 깨끗한 신축 빌라에 들어가자. 인생에 대한 고뇌는 그 후에 해도 늦지 않다…'.

지은 지 30년 가까이 된 빌라에서 바퀴벌레가 나오는 것은 어쩌면 당연한 일이다. 새하얀 시트지로 곰팡이를 악착같이 가려봐도 구옥은 구옥이니까. 예외가 있을 수 있으나 사회 초년생이 사는 집은 보통 둘 중 하나다. 신축이라 깨끗하지만 4~6평 정도로 아주 작거나, 10평 이상으로 공간의 여유는 있지만 오래된 빌라거나. 즉 크기와 청결 중 하나를 택해야 하는 것이다. 나와 석구는 둘이 같이 살아야 했으므로 크기를 택했다. 그나마 우리 집은 리모델링을 해서 깨끗한 편이다. 그렇다고 리모델링이 낡은 것을 새 것으로 만들어주는 명약은 아니다. 오히려 기미와 주름 위에 덧발라놓은 BB크림과 비슷하다. 시간이 지나면 화장이 무너지듯 집의 세월도 본색을 드러낸다. 우리 집도 마찬가지였다. 몇 달 살다 보니 슬슬 본색을 드러내기 시작했다.

♡ 하나, 통제 불가능한 현관문 ♡

이사 후 몇 개월 동안은 현관문의 속도 조절 장치(?)가 제 역할을 해주었다. 문 손잡이를 놓아도 신사적으로 살포시 닫혔다. 하지만 어느 순간부터 문 닫히는 속도가 제어되지 않았다. 문 손잡이를 놓으면, 엄마에게 혼난 사춘기 청소년이 방에 들어갈 때처럼 문이 쾅! 하고 닫혔다. 덕분에 나는 출입할 때마다 애절하게 이별하는 연인처럼 현관문이 닫히는 순간까지 손잡이를 놓아줄 수 없게 되었다.

♡ 둘, 열리지 않는 화장실 수납장 ♡

우리 집 화장실 세면대에는 하부 수납장이 있다. 여기에는 주로 락스나 빨랫비누, 청소용 솔 등을 넣어둔다. 그런데 수납장 문이 점점 상태가 나쁜 관절처럼 으드득 소리를 내며 힘겨워하더니 기어코 아예 열리지 않게 되었다. 화장실 습기 때문에 수납장의 경첩이 녹슨 것 같았다. 석구는 그런 건 모르겠고 그저 화장실 청소를 하고 싶었던 모양인데, 그러려면 수납장 문을 열어야 했다. 석구는 "아휴 이게… 이게 왜 안 열려"라며 몇 번 힘을 쓰더니, 수납장 문을 잡아 뜯어버렸다. 덕분에… 솔과 락스는 꺼낼 수 있었다. 그는 목표를 위해서라면 수단과 방법을 가리지 않는 진취적 인재였다. 이 이야기를 엄마에게 해주며 "내가 돈만 있었어도 구옥에 안 살았을 텐데…"라고 말했더니 엄마는 "그건 구옥이라서가 아니라 너네가 무식하게 힘만 세서 그런 것이다"라며 사건의 핵심을 짚어주었다.

♡ 셋, 곰팡홀 ♡

진정한 구옥의 감성은 곰팡이에서 온다. 에어컨 뒤, 방 모서리, 천장 곳곳에서 피어오르는 곰팡이는 인테리어에 추상적 면모를 선사한다. 덕분에 나와 석구는 곰팡이 제거에 도가 텄다. 곰팡이가 핀 부분에 키친타월을 한 장 대고 그 위에 락스를 칙칙 뿌린다. 그 상태로 10분 정도 둔 뒤에 키친타월을 걷어내고 휴지로 슥슥 문질러주면 곰팡이가 연해진다. 그럼 50미터 정도 떨어져서 봤을 때 곰팡이가 없어진 것처럼 보이기도 한다.

올여름에도 장마가 길어지자 주방 천장에 곰팡이가 생기기 시작했다. 이런 녀석들은 커지기 전에 싹을 없애야 했다. 나는 락스와 키친타월을 준비해 의자를 밟고 올라갔다. 그리고 천장의 곰팡이를 향해 락스를 뿌리는 순간… 습자지에 먹을 떨어뜨린 것처럼 곰팡이가 락스를 머금고 천장에 쫙 퍼지기 시작했다. 난 놀라서 "느어어어!" 하며 바닥으로 폴짝 뛰었다. 락스 먹은 곰팡이는 이윽고 검은 물까지 똑똑 떨어뜨리기 시작했다. 곰팡이에게도 적자생존의 법칙 같은 것이 있어서, 락스를 좋아하는 돌연변이 곰팡이가 다음 세대로 유전된 것일까? 알 수 없었다. 확실한 건 괜히 건드렸다는 것이었다. 나는 더는 손댈 용기가 나지 않아 그대로 두기로 했다. 그러자 돌연변이 곰팡이는 여름 내내 습기를 먹으며 적군을 토벌하는 고구려 장군처럼 하루가 다르게 세력을 확장했다. 거실 바닥에 누워 주방 천장의 곰팡이를 보고 있자면 블랙홀 같은 신비로움이 느껴졌다. 그래서 '곰팡홀'이라는 이름을 붙여주었다. 글을 쓰는 지금도 곰팡홀은 야금야금 커지고 있다.

책 《오베라는 남자》를 보면 사랑을 집에 빗대어 표현한 부분이 있다. "처음에는 새 물건들과 전부 사랑에 빠져요. (…) 그러다 세월이 지나면서 벽은 빛바래고 나무는 여기저기 쪼개져요. 그러면 집이 완벽해서 사랑하는 게 아니라 불완전해서 사랑하기 시작해요. (…) 바깥이 추울 때 열쇠가 자물쇠에 꽉 끼어버리는 상황을 피하는 법을 알아요. (…) 집을 자기 집처럼 만드는 건 이런 작은 비밀들이에요."

　　이 아름다운 구절처럼 나도 집을 사랑하기로 했다. 갑자기 너그러운 사람이 됐다기보다, 그렇게라도 하지 않으면 구옥에서 살기가 대단히 어렵기 때문이다. '원수를 사랑하라'는 성경 말씀도 이런 뜻에서 하신 것일까. 사랑하지 않으면 저 자식 얼굴 보고 살기 힘들겠다 싶어서. 구옥에서 철학적 사유를 하는 것은 불가능하지만 종교적 깨달음은 어쩌면 가능할지도 모르겠다.

셰어하우스,
어디까지 셰어하나요

타인과 함께 살기란
실로 호락호락하지 않다

자취를 하기 전, 나는 3개월 간 셰어하우스에 살았다. 그곳
은 회사에서 멀리 사는 직원들에게 제공해주는 집이었다.
물론 공짜는 아니었다. 총원은 다섯 명, 보증금 없음, 월세
각각 30만 원. 집세가 싸긴 싼데 거저라고 할 만큼은 아니어
서 선심은 배풀고 싶은데 배포가 작은 사람의 호의를 받는
기분이었다. 그래서 나도 그 정도만 감사하며 살았다.

　그래도 셰어하우스는 회사와 버스로 일곱 정거장 정도
떨어진 곳에 있었기 때문에 나처럼 서울과 경기도를 오가는
사람에겐 탐나는 곳이었다. 부러워서 손가락만 빨던 차에
셰어하우스에 살던 한 분이 나가면서 공석이 생기게 되었

다. 셰어하우스 입주민을 구한다는 공고를 본 나는 그 자리를 누가 채갈까봐 마음이 조급해졌다. 그래서 부모님과 상의도 없이 냉큼 입주 신청을 해버렸다. 자고로 '허락보다 용서가 쉽다'라는 말이 있지 않은가. 나는 퇴근 후 부모님께 나의 독단적 행보에 대해 바로 이실직고했다. 엄마, 아빠는 당연히 탐탁지 않아 하셨다.

"너 그거 당장 물러."
"계약서까지 써서 못 물러… 그럼 위약금 내야 해."
"야 너는… 야 그런 결정을… 야하….'

아빠는 어이가 없었는지 문장을 시작만 하고 끝맺지 못하셨다. 하지만 이번만큼은 아빠도 어쩔 도리가 없었다. 나는 겉으로는 스스로의 짧은 생각을 반성하는 척했지만 속으로는 간만에 결단력 있었다고 뿌듯해했다. 셰어하우스 입주일은 당장 며칠 뒤였다. 나는 손에 잡히는 대로 허겁지겁 짐을 쌌다. 엄마, 아빠는 그런 나를 거친 생각과 못마땅한 눈빛으로 바라보셨다.

셰어하우스에 입주하는 날, 거실에 들어선 나는 조금 당황했다. 한쪽에서는 유튜브를 보며 운동을 하고 있고, 한쪽에서는 매니큐어를 바르고, 한쪽에서는 블루투스 마이크로 노래를 부르고 있었다. 그중 주황 바지에 초록 반팔 티를 입고 스쿼트를 하고 있던 유미의 첫인상은, 뭔가 뿌리째 뽑히는 당근 같았다. 유미가 환하게 웃으며 인사했다.

"오, 새로 오신 분이구나. 안녕하세요!"

"아, 네…."

활기찬 유미와 달리 나는 모나리자 같은 신비로운 미소를 지으며 수줍게 답했다. 그때 불현듯 내가 잊고 있던 한 가지 사실이 떠올랐다. '나… 낯가리지…' 집에서 나올 수 있다는 사실에 심취한 나머지 내가 어떤 인간인지 까먹고 있었다. 아마 지금 알고 있는 걸 그때도 알았더라면 셰어하우스에 들어가는 걸 재고했을 것 같다. 앞으로의 내용은 셰어하우스에 입성한 극강의 내향형 인간에게 벌어진 일들에 관한 이야기다.

셰어하우스에 입주한 처음 일주일 동안은 통근 시간이 200분에서 30분으로 줄어든 즐거움을 만끽했다. 새로 생긴 170분을 어디에 써야 할지 몰라서, 길가에 서서 손바닥을 내려다 보거나 감격에 겨워 하늘로 팔을 쭉 뻗고 껑충껑충 뜀박질을 했다. 하지만 즐거움은 오래 가지 않았다.

퇴근하고 셰어하우스에 들어서면 하우스 메이트들이 "오셨어요?" 하고 인사를 건넸다. 나는 들릴 듯 말 듯한 목소리로 "녜…" 하고 답한 후 방으로 잽싸게 들어갔다. 집에 생판 남이 있다는 건 적응하기 힘든 일이었다.

방에 들어가도 혼자는 아니었다. 2인 1실을 썼기 때문이다. 나만의 공간이라고 할 수 있는 곳은 이층 침대의 위층, 매트리스 크기 딱 그만큼이었다. 전에는 퇴근을 하는 순간 회사라는 공동체에서 빠져나올 수 있었다. 하지만 셰어하우스에서는 집에서도 가족이 아닌 또 다른 공동체를 마주해야 했다. 결국 나는 퇴근 후에도 미세한 긴장감을 계속 유지하고 있을 수밖에 없었다.

자연스럽게 나는 셰어하우스에서의 시간 대부분을 이층 침대 위에서 보내게 되었다. 침대 위에는 일기장과 볼펜, 책 한 권, 잘 때 끼는 안대(형광등이 거의 코앞에 있어서 매서운

빛 공격을 당했다), 핸드폰 충전기가 있었다. 사실 셰어하우스 내 자유로운 개인 공간은 이곳이 전부이긴 했다. 셰어하우스는 각자 쓸 책상을 들일 수 없는 것은 물론이고, 꼭 필요한 물건만 두기에도 비좁았다. 화분 하나 놓거나, 좋아하는 포스터 하나 붙이기도 어려운 판국이었다. 한마디로 그곳은 오직 생활만을 위한 공간이었다. 그렇게 공간이 귀하다는 것을 셰어하우스에 살면서 뼈가 저리고 장기가 저리게 느꼈다.

침대 은둔자로 살다 보니 한 달이 지나도 하우스 메이트들과 친해질 수 없었다. 내심 친해지지 않기를 바랐을지도 모른다. 그래야 그나마 혼자만의 시간을 가질 수 있을 테니까. 하지만 그것도 쉽지만은 않았다. 매일 보는 사람들과 데면데면하게 지내다 보면 스스로 '사회성에 심각한 문제가 있는 것은 아닌가' 하는 생각이 들기 때문이다. 특히 하우스 메이트들의 술자리에 계속 빠지다 보면 그 의심은 강렬해진다.

물론 처음 몇 번은 술자리에 꼈다. 하지만 마을 어귀의 장승처럼 희미하게 웃으며 자리만 지키고 난 다음부터는 잘 끼지 않게 되었다. 평소에는 술자리에 끼기 싫으면 핑계를 대고 집에 가면 그만이었지만, 집 안에서의 술자리는 딱히 숨을 곳이 없다. 거실의 화기애애한 소음을 들으며 오지 않는 잠을 청하는 수밖에.

여럿이 함께 살아서 벌어지는 몇 가지 웃픈 사건들도 있었다. 어느 날 밤이었다. 나는 여느 때처럼 잠을 자고 있었는데 꿈에 래퍼가 나왔다. 그런데 래퍼는 랩을 안했고, 쿵쿵거리는 비트만 계속 흘러나왔다. '쿵 쿵 쿵, 쿵쿵 쿵쿵, 쿵쿵쿵' 비트가 점점 빨라지는 순간 나는 잠에서 깼다. 핸드폰을 보니 새벽 두 시였다. 이상한 건 꿈에서 들렸던 비트가 계속 들린다는 사실이었다. 위층에서 들리는 소리일까. '아무리 전통을 사랑해도 그렇지 새벽 두 시에 집에서 북청 사자놀이를 해서는 안 되는데…'라고 비몽사몽 생각하던 것도 잠시, 순간 번쩍 정신이 들었다. '이상하다. 여긴 위층이 없는데…!' 팔에 소름이 돋았고 잠이 확 깼다. 그럼 어디서 들리는 소리지? 나는 이층 침대에서 내려와 거실로 나갔다. 그리고 소리가 나는 쪽을 본 순간 나는 놀라서 '헉' 하고 눈과 입을 동시 개방했다. 베란다에서 검은 실루엣이 창문을 쿵쿵쿵 두드리고 있던 것이다. 당시 우리 셰어하우스는 입주민들의 안전을 위해 낮으면 저절로 잠기는 케이씨씨 창호를 사용하고 있었다. 새벽 두 시에 세탁기를 돌리러 베란다에 나갔던 수아가 그걸 깜빡하고 베란다 문을 닫아버린 것이다. 수아의 말에 따르면 처음에는 소곤소곤 작은 목소리로 "문 좀 열어줘"라고 했다고 한다. 그러나 아무도 오지 않자 '조졌다!'는 생각이 들어서 창문을 마구 내리칠 수밖에 없었다고. 수아와 나는 아무 일도 없었던 것처럼 조용히 각자의 방으로 돌아갔다. 하지만 잠결에 들었던 비트 소리는 오랫동안 귓가를 맴돌았다. '수아야 너도 놀랐겠지만 나도 대단히 놀랐단다…'

나와 같은 방을 썼던 유미와 관련된 이야기도 있다. 셰어하우스에는 화장실이 두 개 있었다. 하나는 거실에 있고 하나는 우리 방에 있었다. 그래서 유미와 내가 같은 화장실을 쓰고, 나머지 세 명은 거실에 있는 화장실을 썼다. 유미와는 같은 방을 썼지만 대화를 많이 하지는 않았다. 보통 유미가 깨기 전에 내가 나가고, 내가 잠든 후에 유미가 들어왔기 때문이다. 유미는 주로 술을 마시고 들어와, 취했음에도 청결하게 세안을 한 후 핸드폰을 끌어안고 백설공주처럼 잠들곤 했다.

그날도 나는 유미가 집에 오기 전 잠이 들었다가 새벽에 오줌이 마려워서 일어났다. 이층 침대를 내려갔는데 유미가 보이지 않았다. 바닥에 흩어진 유미의 옷들로 보아 집에 들어온 것 같긴 한데, 벗어 놓았다기보다 옷에서 탈출한 것 같은 모양새였다. 바지가 금방이라도 새 주인 찾아서 뛰어갈 것 같다고 생각하며 화장실에 들어갔다. 그리고 변기 뚜껑을 올린 순간, 난 변기와 눈이 마주쳤다. 변기가 오렌지 그레이 색 눈을 빛내며 날 쳐다보고 있었다. 새벽에 한 쌍의 눈동자가 동동 떠 있는 변기를 조우했다고 상상해보시라. 변기가 '어제 싼 똥은 좀 심하잖아!'라는 표정으로 날 쳐다보고 있는 것이다. 그 순간을 생각하면 아직도 심장이 벌렁거린다. 허준을 불러와 맥이라도 짚어 달라 해야 할 것 같은 심정이었다.

　마음을 추스르고 자세히 보니 변기에 원데이 아큐브 렌즈가 떠있었다. 술에 취한 유미가 렌즈를 쓰레기통에 안 버리고 우아하게 변기에 띄운 것이다. 변기 물을 내리고 거실에 나가보니 유미가 거실에 뻗어 있었다. 나는 유미를 보며 생각했다. '이 셰어하우스에는 청춘과 낭만보다는 음주와 공포가 도사리고 있군….'

지나고 생각해보면 이렇게 나름 재미있는 일들도 있었다. 그곳에서 지내는 동안 이기적이거나 진상 짓을 한 사람은 없었다. 오히려 모두 나름 최선을 다해 배려하며 살았다. 그럼에도 나만의 공간을 확보할 수 없다는 것, 사람들 사이에서 늘 긴장 상태로 있어야 하는 것이 힘들었다. 나는 점점 셰어하우스에 들어가지 않게 되었다. 늦게까지 카페나 회사(회사에는 그래도 내 책상이 있으니까)에 있다가 밤 12시쯤 들어가곤 했다. 셰어하우스에서는 정말 잠만 자고 나왔다. 그러다 결국 3개월 만에 다시 본가로 들어갔다.

3개월 간의 셰어하우스 생활로 깨달은 게 있다면, 내 집이 '숙박 시설'이 아닌 '주거 공간'이 되려면 혼자 생활하는 최소한의 공간이 있어야 한다는 것이다. 셰어하우스에 들어가기 전에 나는 타인과 어디까지 셰어할 수 있고, 어디부터는 셰어할 수 없는 사람인지 생각해봐야 한다. 그렇지 않으면 나처럼 "3개월 만에 집구석으로 기어들어 올 거면 왜 나가 산다고 난리굿을 했냐"며 어머니에게 등짝을 후드려 맞게 될지도 모른다.

내향 맨션

'야 너두? 야 나두!'
내향인은 내향인을 알아보는 법

우리 본가는 아파트다. 아파트에 살면 앞집에 누가 사는지도 잘 모른다. 이사 하느라 들썩들썩 할 때나 '아, 앞집이 이사를 가는구나' 정도 생각할 뿐이다. 바로 마주보고 있는 앞집이 이 정도니 아랫집 윗집은 말할 것도 없다. 얼굴 볼 일이라면 층간 소음과 주차 문제 정도니 서로 안 보고 사는 것이 차라리 화목한 경우라 하겠다.

내가 자취하는 곳은 맨션이다. 잠시 짚고 넘어가자면 '맨션'이나 '빌라'는 건축법에는 없는 용어라고 한다. 여러 세대가 입주해 있는 4층 이하의 건물은 연립 주택이나 다세내 주택이라고 부르는 게 맞다. 하지만 내게는 맨션이 입에 더 짝짝 붙기 때문에 맨션이라고 하겠다.

한 동에 20여 가구 이상 모여있는 아파트와 달리, 맨션은 몇 가구 안 살기 때문에 약간 공동체 같은 느낌이 있다. 우리 맨션에는 네 가구가 산다. 반지하에 사는 아저씨, 1층에 사는 할머니와 아저씨, 2층에 사는 나와 석구, 3층에 사는 집주인 아주머니, 아저씨와 두 자녀. 나열해보니 가구의 형태가 새삼 다양하다.

나는 MBTI 검사를 하면 맨 앞자리가 90퍼센트 확률로 'I(내향형)'가 나오는 확신의 내향인이다. 그래서인지 공동체에 속하는 게 피로하다. 하지만 왠지 이 주거 공동체에서는 큰 피로감 없이 잘 지내고 있다. 왜 그럴까 곰곰이 생각하다 머리를 스친 게 하나 있었다. '이 맨션에 사는 사람들 모두 내향형인 게 틀림없어!' 이런 나의 짐작에는 세 가지 증거가 있다.

첫 번째는 '인사하는 방법'이다. 맨션 사람들은 건물 안에서 마주치면 인사를 한다. 보통은 서로 눈을 바라보며 인사하지만, 내향인은 얼굴을 쳐다보지 않는다. 목소리는 다정하게 낼 수 있지만 눈동자는 도저히 통제가 안 되기 때문이다. 권태로운 알바생이 목소리만 상냥하고 얼굴은 무표정한 것과 비슷하다. 한 사람은 45도 정도 위쪽을 쳐다보고, 한 사람은 45도 정도 아래를 쳐다보며 인사한다. 그러니 서로 인사를 했다기보다 한 사람은 초인종에 인사를 하고, 한 사람은 계단 손잡이에 인사를 했다고 하는 게 정확하겠다.

두 번째 증거는 '흡연 문화'다. 맨션에는 네 명의 흡연자가 있다. 반지하 아저씨, 1층 아저씨, 석구, 3층 집주인 아저씨. 그래도 흡연자들끼리는 이야기를 나눌 것 같아서 어느 날 석구에게 물어봤다.

"원래 담배 피면서 이런 이야기 저런 이야기 하지 않니?"

"회사에서는 그러는데, 여기서는 잘 안 그래. 일단 각자 흡연하는 위치가 암묵적으로 정해져 있어. 1층 아저씨랑 집주인 아저씨는 건물 바로 옆에서 피우고, 나랑 반지하 아저씨는 주차장에서 피워. 서로 마주치지 않으려는 은근한 노력이지. 만약 누가 자리를 선점하고 있으면 맞은편으로 가."

그리하여 흡연자들은 3년 동안 같이 담배를 피우면서도 서로의 나이나 직업을 모른다고 한다. 뭐 딱히 궁금하지두 않다고….

세 번째 증거는 '의사소통 방법'이다. 우리 맨션에서는 건물 관련해 소통할 일이 있으면 문에 메모지를 붙여 놓는다. 이번 달 수도세가 얼마라든지, 언제부터 언제까지 외벽 페인트칠을 할 거라든지, 이번 달 관리비 이체가 안 됐다든지. 소통이라기보다 고지 및 안내의 목적이라고 볼 수 있다. 문자로 해도 되지만 문자는 인사나 안부 묻기 같은 기본적인 대화가 필요하다. 하지만 메모를 붙이면 이 불편한 대화를 생략할 수 있다. 목표하는 바가 아주 뚜렷한 사람들이다.

이러한 일련의 증거들을 미루어 보았을 때 나는 맨션 거주자들이 내향인이라고 확신했다. 왠지 동질감이 느껴졌다. 나는 내 멋대로 이곳을 '내향 맨션'이라 부르기로 했다.

그러나 하늘 아래 태양이 여러 개일 수는 없는 법. 다들 내향인이라 해도 나를 따라올 사람은 없다. 예컨대, 나는 귀갓길에 입주민을 종종 발견한다. 마주치는 게 아니라 발견한다고 한 이유는 마주치기 전에 내가 피하기 때문이다. 누가 맨션 앞에서 담배를 피우고 있거나 나보다 몇 걸음 앞서 맨션에 들어가는 걸 보면 슬금슬금 걸음을 늦춘다. 그리고 마주치지 않기 위해 어딘가에 서서 하늘을 봤다 전봇대를 봤다

하며 잠깐 기다렸다가 들어간다.

집주인 아주머니에게 이야기할 게 생기면 늘 석구를 시킨다. 이거 물어봐라 저거 물어봐라 하면서 석구를 아바타처럼 조종한다. 석구 역시 내향인이지만 극강의 내향인인 나를 대신해 실에 걸린 마리오네트처럼 임무를 수행하고 온다. 만약 석구와 함께 집을 나서다 누군가를 만나면 나는 재빨리 석구의 등 뒤로 그림자처럼 숨는다. 그리곤 복화술로 "11시 방향에 1층 아저씨 오신다. 너가 먼저 인사해"라고 말한다. 그럼 석구가 짐짓 활기차게 인사하고, 나도 섀도 복싱을 하듯 "은냐세여…" 정도로 인사한다. 집에 배달이나 택배가 올 때는 잠깐 방에 숨어 있다가 문 닫히는 소리가 들리면 "가셨어?"하며 슬금슬금 나옴은 물론이다. 석구는 내가 회사를 다니는 게 용하다고 했다.

내향 맨션 입주민들은 조금 새침해 보이지만, 도울 일이 있을 땐 수줍음을 무릅쓰고 돕는다. 작년 겨울에 눈이 많이 왔을 때 여러 명의 내향인이 주춤주춤 빗자루와 쓰레받기를 들고 나와 같이 눈을 치웠다. 물론 한 마디도 하지 않고 눈만 치웠다. 어른들이 눈을 치우는 동안 한쪽에서 주인집 따님과 아드님이 눈을 뭉쳐주는 집게로 눈오리를 만들었다. 여러 마리가 계단에 줄지어 세워져 있었다. 내향인들은 아무 말 없이 눈오리를 바라보다가 슬며시 사진을 찍은 후 제각각 집으로 들어갔다.

어느 날은 석구가 웰치스 하나를 들고 귀가했다.

"이거 반지하 아저씨가 주셨어."

"엥? 왜?"

"편의점에서 샀는데 1+1이었다고 하시더라고. 자기는 두 개 다 못 먹는다고 하나 주셨어."

"편의점 다녀오는 길이셨나보네."

"아니? 담배 피우다가 만났는데, 나 보시더니 집에 호다닥 가서 냉장고에서 꺼내 오셨어."

"그렇게까지?"

"응. 그러면서 저번에 비 많이 올 때 지하에 물 고인 거 같이 치워줘서 고맙다고 하시더라고."

"오, 너 그런 적이 있어?"

"응. 네가 빗소리 들으면서 우아하게 주무실 때 나는 가서 도와드렸지."

나는 석구의 마지막 말을 듣는 둥 마는 둥 하면서 차가운 몸 뚱이에서 땀을 삐질삐질 흘리는 포도맛 웰치스를 바라봤다. '저 웰치스 음료수를 하나 주기 위해 얼마나 심사숙고하고 용기를 내셨을까!' 오래 둔다고 웰치스가 썩는 것도 아닌데 굳이 석구에게 음료를 건넨 그 마음을 알 것 같았다. 나는 같 은 내향인으로서 약간 감동했다.

나는 저마다 잘 맞는 공동체가 있다고 생각한다. 하지 만 경험해 보지 않고 외부에서만 봐서는 어떤 공동체가 나 와 맞는지 알기 쉽지 않다. 안다 해도 그곳에 속할 수 있느냐 없느냐는 내 의지와 별 상관이 없다. 오히려 나와 잘 맞는 곳 에 소속되는 일은 운의 영향이 크다. 그런 점에서 나는 행운 이라고 생각한다. 우리 맨션의 느슨하면서도 인간미를 살짝 곁들인 관계가 내게 잘 맞기 때문이다. 평소엔 서로 크게 관 여하지 않지만 도움이 필요할 때는 돕고, 감사하다 미안하 다 정도는 이야기하는 사이. 이런 내향 맨션에 살게 되어 다 행이었다.

나는 마음이 푸근해지면서 웰치스를 탁 따서 한 모금

마시지 않을 수 없었다. 그러나 석구가 자신이 받아온 걸 왜
네가 처먹냐고 득달같이 달려와서 많이 마시지는 못했다.

살기 좋은 남가좌동

우리 동네를 애정하는 몇 가지 이유

내가 사는 곳은 남가좌동이다. 동 이름을 말하면 거기가 어디냐고 묻는 사람들이 많다. "연희동 옆이야"라는 말을 덧붙여야 사람들은 그제야 "아~ 연희동은 알지" 한다. 항상 주인공 옆에 있지만 크게 주목받지 못하는 주인공 친구 같은 느낌이다. 연희동에서 고개 하나만 넘으면 남가좌동인데 왜인지 연희동의 집값은 남가좌동의 2배다. 주인공 친구로선 감히 넘볼 수 없는 값이다. 처음에 남가좌동을 선택한 이유는 회사와의 거리와 집값 때문이었지만 살수록 괜찮은 동네라는 생각이 든다. 남가좌동의 매력을 몇 가지 소개할 테니 혹시 요 근래에 이사 계획이 있다면 참고하시길 바란다.

♡ 하나, 어르신 친화적 풍경 ♡

나는 매일 남가좌동과 회사가 있는 삼성동을 오간다. 두 지역 사이에서 가장 크게 체감되는 차이점은 평균 연령대다. 직장가의 평균 연령대가 30~40대라면 남가좌동에선 60~70대 어르신들을 많이 뵐 수 있다. 그래서인지 동네가 전반적으로 어르신 친화적이다.

일단 병원이나 한의원, 약국이 굉장히 많다. 대로변에 이비인후과, 내과, 정형외과 등 온갖 종류의 병의원으로 꽉 차있는 건물이 하나 있는데, 어쩐지 '생명의 탑'이라고 이름 붙여주고 싶어서 그렇게 부르고 있다. 길에서 파는 상품 품목도 60~70대 타깃이다. 국민은행 앞에는 곡물을 파는 어르신 한 분이 계신다. 잣, 팥, 깨, 쌀 등 나는 구별하기도 힘든 30가지 정도의 곡물을 깔아놓고 파신다. 어르신들의 배스킨라빈스라고 할 수 있다.

꽈배기 가게도 많다. 생명의 탑 맞은편에 하나가 있고 거기서 얼마 안 가 또 하나가 있다. 그런 식으로 한 집 걸러 한 집이 꽈배기 가게다. 홍대 앞에 한 집 걸러 한 집이 카페인 것과 비슷하다. 꽈배기와 마찬가지로 어르신들의 입맛을 저격하는 만찐두빵(만두, 찐빵을 세로로 써 놓아서 나도 모르게 이렇게 읽게 된다)트럭, 한 마리에 7천 원인 옛날 통닭 가게, 팥칼국수 가게 등을 이곳에선 심심찮게 볼 수 있다.

횡단보도 앞 가장 목 좋은 자리에는 온갖 잡동사니를 파는 'DC 마트'가 있다. 베개, 양말 묶음, 메리야스, 귀이개, 팬티, 수면 바지, 수면 양말 등이 주된 상품이다. 아디다스나 나이키 로고가 박힌 트레이닝복도 있는데, 정품은 비벼볼 수도 없는 후한 가격으로 판매된다. 마치 올리브영처럼 살 것도 없으면서 그냥 한번 들어가고 싶은 유혹을 참을 수 없다.

여름에는 나무 그늘 아래 삼삼오오 모여 바둑을 두시는 할아버지들이 많다. 그곳의 책상과 의자는 모두 출처가 달라 종류도 모양도 각양각색이다. 두 명의 선수가 바둑을 두고 있으면 갤러리들이 한 손에 믹스 커피를 들고 구경한다. 보고 있으면 마음이 편안해지는 풍경이다.

♡ 둘, 카페 ○○차 ♡

물론 이 동네에도 젊은 감성이 살아 숨쉬는 곳이 있다. '○○차'라는 카페다. 처음 ○○차가 들어섰을 때만 해도 막걸리집 메뉴판에서 토제 파스타를 본 듯한 이질감이 느껴졌다.

철물점과 '크–린 세탁소' 사이에 있기엔 뜬금없이 힙(hip)했기 때문이다. 이제는 익숙해졌지만 아직도 그 앞을 지날 때마다 나와 석구는 비슷한 이야기를 주고받는다.

"여기 장사 잘될까?"
"글쎄 연남동에 있으면 잘될 것 같은데."
"그러니까."

"철물점이랑 크–린 세탁소 사이에서 장사 잘될까?"
"글쎄 연남동에 있으면 잘될 것 같은데."
"그러니까."

○○차는 젊은 부부가 운영한다. 여름엔 과일 에이드를 팔고 겨울엔 루돌프 모양 케이크를 판다. 쑥 맛 아인슈페너인 '아인쑥페너'가 이 집의 대표 메뉴다. 직접 만드시는 펑리수(대만식 파인애플 케이크)도 맛있다. 사장님이 꽃 시장에서 꽃을 사와 인테리어를 하고 철마다 내부 분위기를 바꾼다. 석구와 나는 이 동네의 거의 유일한 젊은 감성인 이곳이 망하지 않길 바라며 주말마다 들러 커피를 마신다. 이제는 나의

주말 루틴이 되어 이곳에서 아인쑥페너를 마시며 석구와 수다를 떠는 시간이 정말 소중해졌다. 아, 절대로 안 망하면 좋겠다.

♡ 셋, 산책의 메카 홍제천 ♡

남가좌동이 살기 좋은 이유 중 하나는 홍제천이 있다는 것이다. 홍제천 덕분에 삶의 질도 높아지고 아마 집값도 높아졌을 것이다. 홍제천은 한강으로 이어지는 지방 하천으로, 양 옆으로 산책로와 운동 시설, 구간별 화장실까지 갖춰져 있다. 게다가 오리와 잉어, 거북이, 왜가리 등도 산다. 생태 학습장이 따로 없다. 산책할 때마다 보는데, 볼 때마다 "저기 오리 있다" "저기 왜가리 날아간다"라고 동물농장에 온 것마냥 석구와 한 마디씩 주고 받는다.

"잉어는 볼 때마다 살이 찌는 것 같네."

"사람들이 새우깡을 계속 주니까."

"새우깡은 사람 입으로 들어가는 게 많을까, 갈매기나 물고기 입으로 들어가는 게 많을까?"

"글쎄… 이무튼 갈매기와 물고기가 주 소비층인 건 확

실해."

　"겨울엔 천이 꽁꽁 어는데 오리들은 어디서 겨울을 나는 걸까."

　"갈대 속으로 숨는 게 아닐까."

　"보니까 새끼들도 있던데, 갈대 사이에서 추위를 버틸 수 있을까."

　"버틸 거야. 매년 봄이면 다시 보이잖아."

오리와 잉어, 거북이, 왜가리의 안부에 대해 이야기하다 보면 그럭저럭 좋은 산책 시간을 보낼 수 있다. 종종 홍제천을 걷는 게 지루해지면 옆길로 샌다. 주택가 사이사이를 걷기도 하고 언덕을 오르기도 한다. 가장 좋아하는 코스는 푸르지오 아파트 단지 정문에서 후문까지 이어지는 구간이다. 요즘 아파트 단지는 지상으로 차가 다니지 않아서 산책하기 좋다. 봄에는 벚꽃이 피고 가을엔 단풍이 들어 계절감도 느낄 수 있다. 요즘엔 '입주민 전용 통행로입니다'라고 써 붙인 곳이 많아져서 조금 시무룩해지기도 한다.

오늘도 홍제천을 산책하고 DC 마트를 지나 ○○차에서 커피를 마시며 이 글을 쓰고 있다. 물론 이 동네도 흠이 있다. 교통편이 조금 불편하고, 큰 마트가 멀고, 프랜차이즈 가게도 별로 없다. 그래도 나는 지하철역까지 빠르게 가는 버스 노선을 꿰고 있고, 작은 마트에서 장 보는 것도 나름 재미있고, 프랜차이즈가 아니어서 더 좋은 식당들도 꽤 많이 알고 있다. 단점일 수 있지만 살다보니 특색으로 여겨지는 것들이다. 처음엔 '뭐 이런 데가 다 있냐?'며 푸념했지만 지금은 '뭐 이런 데가 다 있냐!'며 재미를 느낀다. 이런 사소하고 작은 것들이 모여 진짜 '우리 동네'라는 감각을 만든다.

뭐든 애정하는 마음이 생기면 이전과는 완전히 다른 기분이 된다. 풍경이 눈에 들어오고, 누군가에게 소개하고 싶어진다. 세세한 면까지 조금 더 알고 싶고, 불편을 감수하고 싶어진다. 역시 정을 붙이는 것은 좋은 일이다. 사랑이 어렵다면 관심을 갖는 것부터 시작해도 좋다.

오늘의
(좁은)집

**좁다고 예쁘게 살지
말란 법 있나**

우리 집을 채우는 모든 것들은 생활의 영역과 사치의 영역
으로 나뉜다. 옷장은 생활, 무드등은 사치, 냉장고는 생활,
인센스는 사치, 선풍기는 생활, 액자는 사치…. 가격과 상관
없이 생활의 영역에 속하는 것들은 말 그대로 생활하는 데
꼭 필요한 물건들이다. 하지만 사치의 영역은 그렇지 않다.
그래서 집이 좁을수록 생활의 영역에 해당하는 물건의 비중
이 높다.

　지인 중에는 집이 좁아, 잘 때 의자를 책상 위에 올려놓
고 잔다는 사람도 있다. 우리 집은 그 정도로 좁진 않지만 그
렇다고 둘이 살기에 넉넉하지도 않다. 그래서 석구와 나는

가끔 거실이나 부엌 같은 공용 공간을 두고 다투기도 한다.

"너 거실 책장에 있는 피규어 치워. 책 꽂을 데 없어."

"싫은데? 네 책이 차지하는 칸이 더 많아."

"당연하지 책장이니까."

"네 책은 거실에 둬도 되고 내 피규어는 두면 안 돼?"

"너도 네 책을 거실에 두면 되잖아."

"나는 책이 별로 없잖아. 뭘 두든 책장은 공용이니까 반 반씩 써야지."

공간을 정확히 반으로 나누기 어렵기 때문에 이와 비슷한 문제로 많이 싸운다. 거실에 개인 물건이 굴러다니기라도 하면 서로에게 당장 치우라고 으르렁댄다. 사실 좀 둬도 되 지만, 남매간의 심보가 또 그렇지 않다.

게다가 공간이 귀하다 보니 크기가 큰 물건을 살 때는 신중해진다. 한번은 본가에서 석구와 함께 TV 홈쇼핑을 볼 때였다. 만능 믹서기를 소개하고 있었다. 아침에 주스도 만 들 수도 있고, 감자를 갈아서 감자 스프도 만들 수 있다고 했다. 나는 번쩍이는 칼날과 스마트한 기능, 잘 빠진 딥그린

색상을 침 흘리며 구경했다. 상상 속에서는 이미 믹서기로 갈아 만든 케일 주스를 들이켜고 있었다. 매진 임박 문구에 자제심을 잃은 나는 석구에게 믹서기를 사자고 조르기 시작했다.

"우리도 현대인의 필수품인 믹서기를 장만해야 할 것 같아."

"장담하는데, 너 주스 두 번, 스프 한 번 만들어보고 어디 쳐박아 둔다."

"아니야! 나 잘 쓸 수 있어."

"저 믹서기의 역할은 네가 믹서기를 사고 싶은 욕망을 없애주는 것 밖에 없어. 결정적으로 주방에 둘 데도 없어. 밥솥이랑 전자레인지만으로도 꽉 차."

석구가 생각보다 강하게 반대해서 믹서기는 결국 살 수 없었다. 매진되는 광경을 뻔히 보면서도 아무것도 할 수 없다는 건 가슴 아픈 일이었다. 이외에도 살까말까 고민하다가 놓을 곳이 없어서 안 산 것들이 많다. 와플 기계, 다리 운동 기구, 짐볼, 에어프라이어 등등.

그래도 요즘엔 나 같은 좁은 집 거주자들에게 아주 유용한 다기능 제품들이 많다. 최근에 본 것 중엔 무드등인데 블루투스 스피커도 되고 가습기도 되는 제품이 있었다. 가정용 변신 로봇이 나올 날이 그리 멀지 않다는 생각이 들었다. 상황이 이렇다 보니 요즘엔 한 가지 기능만 있는 제품이 오히려 이상하게 느껴진다. '가습기인데 가습 기능 밖에 안 된다고? 이상하네…'라고 생각하게 된다.

　좁은 집에 살수록 다기능 소품을 잘 이용하면 좋다. 예쁘면서도 그저 예쁘기만 한 것은 아니어서 왠지 한 자리 차지해도 합리적이라는 느낌이 든다. 핸드폰을 충전할 수 있는 조명, 시계와 합쳐진 액자, 오르골이 되는 무드등 등. 거듭 느끼지만, 좁은 집에서 공간은 이토록 귀하다. 만일 누가 크고 예쁜 장식품을 거저 준다고 해도 우리 집에서는 크고 예쁜 쓰레기가 될 뿐이다. 사치품은 왠만해서 우리 집 문턱을 넘기 힘들다.

　내 집을 마음 편히 꾸밀 수 없는 나는 오늘도 '오늘의집 (인테리어 플랫폼)' 앱에 들어가 예쁘게 꾸민 남의 집을 구경한다. 식물이 많아 거의 식물원 같은 집도 있고, 벽지와 가구를 화이트&우드로 맞춘 집도 있고, 턴테이블이나 네온사인 같은 소품을 활용해 감각적으로 꾸민 집도 있다. 한참을 구경하다가 현실로 돌아오면 내 방 꼬라지가 그렇게 탐탁지 않을 수 없었다. 그나마 불행 중 다행으로 우리 집에는 인테리어를 망치는 3대 빌런은 없다. 3대 빌런은 다음의 세 가지다. 체리색 몰딩, 옥색 세면대, 꽃무늬 벽지.

하지만 내 방에는 집에서 가져온 회색 옷장이 있다. 본가에서 쓰던 가구를 가져오는 순간 80퍼센트의 확률로 구린 방이 된다. 방의 절반을 회색 옷장이 차지하면서 인테리어는 뒤져버렸다. 쓰던 것들을 다 버리고 새로 살 수는 없으니, 각각 다른 출처와 개성을 뽐내는 가구들을 모두 품을 수밖에…. 그리하여 앤티크한 화장대 옆에 모던한 옷장을 두고, 바로 옆에 미드센추리한 책상을 놓은 대혼돈의 방이 돼버렸다.

어디서 들은 이야기인데, 문제를 풀 때 적당한 제약이 있는 경우에 완전히 자유로울 때보다 더 큰 창의력을 발휘할 수 있다고 한다. 나는 못 가진 것에 연연하지 말고, 좁은 집이라는 제약을 이용해 창의력을 발휘해 보기로 했다.

우선은 저 우중충한 옷장을 어떻게 해야 했다. 처음엔 포스터를 붙여볼까 하는 생각으로 인터넷을 뒤졌다. 하지만 크기가 애매했다. 요리조리 끼워 맞춰보려 했지만 옷장 문한 짝에 딱 맞는 사이즈를 찾기 어려웠다. 그러다 화장대에 꽂아둔 엽서가 눈에 띄었다. 미니 포스터 같은 느낌이 들었다. 이거다 싶어서 몇 장을 골라 옷장에 배치해봤다. 그럴싸했다. 내가 좋아하는 글귀도 써서 옷장에 붙었다. 아주 그럴싸했다. 포스터보다 싸고 좁은 공간에 여러 장 붙일 수 있어서 좁은 집 인테리어로 딱이었다. 콘셉트나 컬러를 정해서 붙여도 괜찮을 것 같다는 생각이 들었다.

평소에는 사치의 영역을 멀리하며 살지만 크리스마스처럼 특별한 시즌에는 나도 집을 좀 다르게 꾸며보고 싶었다. 본가에서 살 때는 크리스마스트리가 있어서 매년 트리를 꾸몄다. 하지만 지금 집에 크리스마스트리를 뒀다간 한 달만 예쁘고, 나머지 11개월 간은 트리를 내 배에 올리고 자야 할지도 몰랐다. 트리 없이도 예쁘게 꾸밀 수 있는 방법이 없을까 해서 찾아보니 패브릭 트리라고, 크리스마스트리 그림 위에 불이 반짝반짝 들어오는 패브릭 포스터가 있었다. 그걸 벽에 걸어둘까도 생각했다. 하지만 그마저도 둘둘 말아 어딘가에 짱박아 둬야 한다고 생각하니 부담스러웠다.

크리스마스 인테리어를 시도도 못하고 있던 어느 날, 교보문고에 들렀다. 12월을 맞아 크리스마스 카드가 입구에 쭉 진열돼 있었다. 해가 갈수록 카드가 점점 더 요사스러워진다고 생각하던 차에 팝업 카드를 발견했다. 카드를 펼치거나 조립하면 이런저런 모양이 만들어졌다. 글씨 쓰는 칸은 '크리스마스 잘 보'까지 쓰면 꽉찰 만큼 작았다. '편지를 쓰라는 거야 말라는 거야'라며 속으로 괜히 심술을 부리다 문득 '팝업 카드로 집을 꾸미면 되겠다'는 기막힌 생각이 떠올랐다. 내가 생각해도 아이디어가 너무 좋아 이마를 탁 쳤다. 심지어 모양도 없는 게 없었다. 크리스마스트리, 눈송이, 눈사람, 산타…. 가랜드로 쓸 수 있는 카드도 있어서 걸어둘 요량으로 그것도 함께 샀다. 그렇게 그 해 크리스마스는 카드와 알전구로 집을 꾸몄다. 다 쓴 후엔 접어서 편지 봉투에 다시 넣었다. 전부 모아도 서랍에 쏙 들어가는 부피여서 보관하기 쉬웠다. 좁은 집 꾸미기로 적극 추천하는 방법이다.

좁은 집에서 예쁘게 살기 위한 나의 발버둥을 몇 가지 더 공유해보겠다. 좁은 집에 산다는 건 결국 수납과의 전쟁이다. 집 크기 생각 안 하고 충동구매한 나의 오만 이천 가지 잡동

사니는 집을 난잡하게 만드는 주범이었다. 다년간의 테트리스 실력으로 최선을 다해 쑤셔넣어도 여전히 난잡하기 때문에 노력이 안쓰러워질 뿐이다. 이럴 땐 쉬운 해결책이 있다. 보이지 않게 가리면 된다. 책장 한 칸에 잡동사니를 정리하고 그 위에 패브릭 포스터를 붙이면 감쪽같이 깔끔해진다. 만약 원룸에 산다면 패브릭 포스터를 활용해 공간을 나눌 수도 있다. 부엌과 침대 사이, 현관과 책상 사이에 걸면 분리된 공간으로 느껴진다.

또 한 가지 팁은 선반을 활용하는 것이다. 독립한지 얼마 안 됐을 때, 선반은 무조건 벽에 못을 박아야 달 수 있는 줄 알았다. 세입자는 남의 집을 보존할 의무가 있으므로 선반을 달 생각도 안 했다. 하지만 요즘엔 못 없이 설치할 수 있는 선반도 많다(이런 게 있을까 하고 찾아보면 생각보다 더 잘 나와 있다). 나는 휑한 벽에 선반을 하나 달고 그 위에 시계, 디퓨저, 조명을 올려 놓았다. 바닥 공간은 차지하지 않으면서 꽤 그럴싸한 인테리어가 되었다. 선반을 설치하고 한 보름은 볼 때마다 뿌듯했다.

이 정도면 내 최선의 노력을 다했다고 생각하며 집을 둘러보았다. 하지만 그럼에도 뭔가 예쁘지가 않았다. '왤까…?'

곰곰이 생각하다 한 가지 큰 깨달음을 얻었다. '집 한가운데에 빨래 건조대가 있으면 무슨 짓을 해도 예쁘지가 않구나!"

생각해 보니 '오늘의집'에서 본 사진 속 집에는 빨래 건조대가 없었다. 그럼 대체 빨래는 어떻게들 말리는 걸까? 모두 베란다 있는 집에 사는 걸까? 나는 빨래가 다 말라도 그냥 건조대에 걸어 두고 옷걸이 겸용으로 쓴다. 필요할 때마다 마른 양말과 팬티를 걷어간다. 그래서 늘 거실 공간의 반은 빨래 건조대가 차지하고 있다. 정말이지 이건 생각지 못한 복병이었다. 집을 잘 꾸미는 비법에 마른 빨래를 제때 거는 부지런함도 추가해야 할 것 같다. 예쁜 집에 살기란 생각보다 더 고난도의 일이라는 것을 배워간다.

55

살려줘!
홈즈

**절친끼리도 꿈꾸는 삶,
원하는 집은 서로 다르다**

나와 혜원, 세진은 달리의 그림 속 녹아내리는 시계처럼 거실에 널부러져 있었다. 우리는 오랜만에 혜원의 집에서 주말을 보내는 중이었다. 혜원과 세진은 나의 대학 동기다.

혜원의 본가는 부산으로, 우리 중 가장 멀다. 혜원은 고등학생 때부터 기숙사 생활을 했고 서울로 대학을 다니면서 지금까지 쭉 자취를 하고 있다. 독립 경력만 10년이 넘는 독립 선배님이시다. 반면 세진은 자취 경험이 전혀 없다. 세진은 고등학교, 대학교, 회사 모두 서울 집에서 다녔다. 본가도 서울에 있어서 계속 부모님과 함께 살았던 세진은 대학생 때부터 자취를 간절히 하고 싶어 했다. 세진의 어머니는 '돈

있으면 나가라'는 입장이셨는데 원통하게도 세진은 그럴 만한 돈이 없었고 지금도 없다. 그 때문에 집에 착실히 붙어 있는 중이다. 내가 독립할 때 세진은 땅을 치고 배를 부여잡으며 부러워했다.

가장 오래 자취를 해 온 혜원은 지금까지 두 번 이사를 했고, 나는 혜원이 살았던 집에 모두 가보았다. 처음 집은 4평짜리였다. 셋이 들어가면 다 앉지 못하고 누구 하나는 일어서야 해서 우리는 의도치 않게 스탠딩 파티를 즐기곤 했다. 다음 집은 7평이었다. 집 안에 부엌이 생긴 것에 감동했던 기억이 있다. 그리고 취업을 한 후에 지금 사는 집으로 이사했다. 지금 혜원의 집은 10평이다. 그 집에 들어섰을 때 내 입에서 처음 튀어나온 말은 "우리 혜원이… 성공했구나!"였다.

이제는 셋이 누워도 부족함이 없는 혜원의 집에 모인 우리는 함께 〈구해줘! 홈즈〉를 봤다. 집에 가장 관심이 많은 세진은 이런저런 감탄사를 뱉으며 몰입했고, 우리도 덩달아 집중하기 시작했다.

"오! 저 정도 집이 5억이면 괜찮지 않냐?"

"뭐가 괜찮아, 5백도 없으면서."

"걱정 마, 은행이 사줄 거야."

"어유, 아주 쿨하네. 냉방병 걸리겠어."

우리는 킬킬거렸다. 이게 문제다. 주거는 우리에게 아주 중요한 문제인데, 이렇게 킬킬거리다 보면 왠지 별로 중요하지 않은 것 같고 어떻게든 될 것 같은 기분이 든다. 우리는 수중에 10억 정도 있는 사람들처럼 이 집이 괜찮네 저 집이 괜찮네 지껄여댔다. TV에서 소개해주는 집을 보던 세진이 말했다.

"근데 저 집은 너무 낡은 거 아니냐? 나는 우리 집이 오래 돼서 그런지, 다음에는 신축으로 가고 싶더라. 새 집 냄새 때문에 머리 아파보는 게 내 소원."

"야! 새 집 냄새 나면 얼마나 힘든데."

"집이 오래되면 철철이 신경써야 할 게 얼마나 많은지 아니? 여름에는 곰팡이랑 벌레 때문에 지긋지긋하고, 겨울에는 수도관 터질까봐 조마조마하고, 원인 모를 쿰쿰한 냄새는 계속 나고. 그리고 집이 점점 한쪽으로 기우는 것 같아. 언제부턴가 내 방문을 가만히 두면 스르르 열리고 맞은편 엄마 방문은 가만히 두면 스르르 닫혀. 이게 무슨 뜻이겠어?
집이 기울었다는 증거지."

자못 심각한 표정의 세진을 보며 나와 혜원은 '세진의 사탑'
이라고 놀렸다. 내친김에 우리는 각자 어떤 집에서 살고 싶
은지 이야기해보기로 했다. 나는 잠시 생각하다 말했다.

"나는 재택근무가 가능하다면 지방에 가서 살고 싶어.
서울은 이미 포화 상태야. 애초에 한도 초과 됐지. 지방에는
먹거리가 없어서 다들 서울로 오지만 서울엔 보금자리가 없
어. 우리 부모님이 요즘 지방에 집을 보러 다니시거든? 근데
거기는 50평 넘는 집을 1억도 안 되는 돈으로 살 수 있어. 이
게 말이 돼?"

10평짜리 집도 넓다고 헤헤거리던 혜원과 세진은 "헤엑" 하
며 놀랐다. 나는 이어서 말했다.

"내가 안동에 자주 가는 거 알지? 얼마 전에 하회마을
에 다녀왔는데 거기는 하늘이 통짜야. 서울은 하늘이 조각

나 있단 말이야. 빌딩들이 하늘을 조각내잖아. 근데 거기는 눈에 보이는 하늘이 한 덩어리야. 나도 그런 데서 살고 싶다는 생각이 들더라고."

회사에 묶인 몸이기 때문에 당장 지방에 갈 수 없는 나는, 만약 이사를 하게 된다면 '숲세권'으로 가고 싶다는 말을 덧붙였다. 주말에 숲에서 시간을 보내면 평일이 덜 고달플 것 같았다. 인간에게는 채워야 하는 '푸르름 수치'가 있어서 푸르른 것을 어느 정도 봐야 심신이 원활히 작동한다는 것이 예전부터 갖고 있던 생각이었다. 문득 엄마, 아빠가 산으로 들로 다니며 꽃 사진 풀 사진 찍는 것도 이 때문인가, 라는 생각이 들었다.

　혜원은 우리 중 서울에 가장 오래 살았고 그만큼 서울에 가장 많이 시달렸다. 그래도 혜원은 서울이 좋다고 했다. 나는 혜원의 마음이 어느 정도 이해가 됐다. 서울은 욕하면서 보는 막장 드라마 같은 느낌이 있다. 차가 막히네, 사람이 많네, 미세 먼지가 많네 욕하면서도 서울에 살고 싶다. 아주 다 지긋지긋하다가도 전철 안에서 노을이 지는 한강을 보면 뭉클한 마음이 든다. 서울은 그런 애증의 도시다. 혜원은 서울에서 계속 살 계획이라고 했다.

"아마 계속 서울에 살 거 같은데, 그러면 역시 아파트가 좋지 않을까?"

"돈 많이 벌어야겠네."

"그렇지. 당장 아파트를 살 수는 없겠지만, 그게 또 일하는 목표가 되니까."

"맞아. 근데 왜 아파트에 살고 싶어?"

"사람들이 아파트에 들어가고 싶어 하는 데는 다 이유가 있는 거거든. 단언컨대 사람 살기 가장 편하게 만들어 놓은 공간이야. 주차하기 좋지, 집 관리가 따로 필요 없지, 요즘엔 헬스장이랑 어린이집 같은 것도 단지 안에 다 있지, 산책로도 잘돼 있지."

"하지만 아파트에는 그게 없잖아."

"뭐?"

"낭만."

"낭만 같은 소리 하네."

"인생에 낭만이 있어야지!"

나와 혜원은 잠시 동안 낭만에 대하여 투닥거렸다. 아파트는 닭장 같아서 낭만이 없다느니, 자연에서 손바닥 만한 나방을 봐야 "아, 버터플이 실존하는구나" 하면서 낭만 소리가 쏙 들어갈 거라느니…. 사실 혜원이 편리함을 중요시한다는 건 그녀의 집만 봐도 알 수 있다. 요리할 때의 동선을 고려해 주방 가전을 배치했고, 수납장엔 키친타월, 비닐 팩, 고무줄, 비닐장갑 등을 깔끔하게 착착착 정리해두었다. 내가 요리할 때 이거 어딨어, 저거 어딨어 하며 온 주방을 뒤집어 놓는 것과는 완전히 다르다.

혜원은 침대 밑, 테이블 밑, 소파 밑 등의 자투리 공간도 수납공간으로 알뜰살뜰하게 잘 활용한다. 수납장을 열면 옷들이 오와 열을 맞춰 정리돼 있어서 색과 종류를 한눈에 볼 수 있다. 나는 내가 자취 10년 차가 돼도 저렇게 못 살 것이라고 확신할 수 있었다. 혜원이라서 가능한 일이었다. 그 와중에 세진은 꿋꿋이 본인이 살고 싶은 집에 대해 말했다.

"너네 땅콩주택이라고 들어봤니?"

"그건 무슨 땅콩 같은 소리야."

"하나의 땅에 2~3층짜리 주택 두 채를 나란히 짓는 거야. 똑같은 집 두 개가 나란히 붙어 있는 모양이지. 그게 땅콩처럼 생겼다고 해서 땅콩주택이라고 해."

"왜 그렇게 짓는데?"

"좁은 땅에도 집을 지을 수 있도록 한 거야. 하나의 땅에 두 가구가 들어와 살면 땅값이 1/2이잖아."

"거기에 살고 싶어?"

"응. 그리고 우리는 똑같은 집 세 개를 붙여서 짓자. 그리고 각각 하나씩 차지하고 사는 거야. 그럼 땅값도 덜 들고, 1주택씩 소유할 수 있고, 셋이 붙어 사니까 심심하지 않으니 좋고. 어때?"

"야 그렇게 좁고 긴 복층 주택이 얼마나 불편한지 알아?"

"아니야, 내가 일본 갔을 때 비슷한 데에서 에어비앤비 해봤는데 나름 괜찮아."

세진은 땅콩주택이 내 집 마련의 가장 빠른 길이라며 열변을 토했다. 얼마나 독립하고 싶었으면 땅콩주택까지 알아보게 되었을까 싶어 웃기면서도 짠했다. 혜원은 세진의 이야기를 한 귀로 듣고 한 귀로 흘리며 말했다.

"그거 알아? 지금 말한 집들 우리 월급으로는 10년 안에도 장만하기 어려운 거?"

"너는 꼭 그렇게 옳은 소리를 해서 초를 치더라."

"우리처럼 소망만 있고 돈은 없는 사람들을 위해 〈구해 줘! 홈즈〉 다음으로 〈살려줘! 홈즈〉가 나와야 할 것 같아."

"그래! 우리가 돈이 없지 소망이 없냐."

문득 우리 세 사람이 살고 싶은 집이 다 다르다는 사실이 재미있게 느껴졌다. 아마 우리가 욕망하는 것이 각자 다르기 때문일 것이다. 나는 한적한 자연을 원하고, 혜원은 편리한 도시 생활을 원하고, 세진은 빠른 독립을 원한다. 자신이 원하는 삶이 집에 반영된 것이다. 이렇게 성향이 다른 사람들끼리 어떻게 친구가 되었나 싶고, 또 이렇게나 다른 집을 원하는 우리의 유일한 공통점이 집을 가질 수 없다는 사실인 것도 아이러니하게 느껴졌다. 그래도 우리는 각자 어떤 삶을 원하는지 또렷이 알고 있으니 그걸 방향 삼아 살아갈 수 있을 것이다. 어려울 때는 이렇게 가끔 모여 킬킬거리기도 하면서.

녀의
집 소리가 들려

옆집 사람의 음악 취향까지
알고 싶진 않습니다만

직장 동료 중 한 명이 회사와 가까운 오피스텔에 살았다. 어느 날 그 집에 초대를 받게 되었다. 직장가여서 집값이 상당히 비쌀 거라고 생각했다. 나는 조심스레 집값이 어느 정도인지 물었다. 동료는 월세가 70만 원이라고 했다. 나는 경악했다.

"월급에서 70만 원씩 빠지면 남는 게 있어요?"
"없죠. 그것도 월세만 70만 원이지, 관리비 뭐다 하면 거의 100만 원씩 나가요. 그냥 오늘만 산다 하고 사는 거죠."

오늘은 살 수 있는 게 맞나. 숨만 쉬어도 100만 원씩 빠져나
간다면, 오전 반나절만 살고 오후를 살 돈은 없을 것 같다는
생각이 들었다. 월에 100만 원짜리여서 그런지 집과 회사가
실로 가깝긴 했다. 오피스텔 건물에 도착해 엘리베이터를
타고 올라갔다. 동료의 집은 17층이었다. 크기는 대략 8평
정도로 아담했다. 베란다로 나가니 서울의 야경이 내려다
보였다. 그리고 차들의 빵빵거리는 소리가 희미하게 들렸
다. 그 소리가 너무 아득해서 현실과 동떨어진 기분이었다.
야경도 야경이지만 나는 이 잡다한 시끄러움과 멀어질 수
있는 거리감이 부러웠다. 이래서 모두들 높이높이 올라가려
고 하는 걸까.

반면 우리 집은 이런 고요함과는 거리가 멀다. 물론 좋
은 점도 있다. 침대에 누워있으면 이웃의 정겨운 소리가 들
려온다는 것이다.

"어제 교회는 왜 안 나오셨어?"

"아이고 날씨는 덥지, 다리는 아프지. 안 아픈 데가 없
어 증말로. 요즘은 동네 한바쿠도 돌지를 못해."

나는 할머니들끼리 두런두런 나누는 이야기를 듣는 걸 좋아한다. 하지만 이 좋은 걸 새벽 6시에 듣는 것은 또 다른 문제다. 마치 내 머리 맡에 앉아서 이야기하는 듯 생생하게 들려오는 말소리에 나는 다시 잠들기를 포기한다. 창문 밖을 스윽 내다보면 앞집 할머니가 대문 앞에 앉아 지나가던 국밥집 할머니를 붙잡아 담소를 나누고 계신다. 어르신들은 아침잠이 없다고 하던데 참말이었다.

3월에 이사와 4월까지는 창문을 닫고 살았기 때문에 이 사실을 알지 못했다. 그러다 5월이 되어 창문을 열어 놓고 살면서 비로소 알게 되었다. 우리 집이 얼마나 주변 소음에 취약한지…. 나는 앞집 할머니의 얼굴은 잘 모르지만(창문을 통해 늘 내려다보기 때문에 정수리는 알아볼 수 있을 것도 같다), 목소리는 기막히게 알아 듣는다. 봄 여름 가을, 무려 세 계절 동안 나의 '1시간 이른 모닝콜'이 되어 주셨기 때문이다.

물론 앞집 할머니의 목소리가 아침에만 들려오는 것은 아니었다. 누군가 할머니 집 앞에 주차를 하면 마치 지켜보고 계셨던 것처럼 호다닥 뛰어 나오신다. 그러곤 눈 앞에 있는 차주뿐 아니라 앞집도 듣고, 옆집도 듣고, 산도 듣고, 강도 들을 만큼 우렁찬 성량으로 당장 차를 빼라고 꾸지람을 하신다. 차, 빼, 라는 세 글자를 이토록 길고 크게 말할 수도 있구나 생각한다. 차주의 성격이 그냥저냥 하면 "예예" 하고 차를 빼 나가지만, 한 성깔하는 차주일 경우엔 "예예" 정도로 넘어가지 않는다. 스트레스 해소도 할 겸 서로 욕을 바가지로 해댄다. 파출소에서 쫓아 온 적도 여러 번이다. 그럴 때마다 나는 '서울 빌라촌 주차 사정 나쁜 거 알 만도 하신데, 잠깐 차 좀 대게 해주시지!' 싶다가도 '내 집 대문이 차로 딱 막혀 있으면 짜증이 나기도 하겠다' 싶다. 그러다가 차도 없고 집도 없는 내가 왜 이런 고민을 해야 하지, 하는 생각에 이르면 괜히 서글퍼진다. 이게 다 앞집 옆집 할 것 없이 다닥다닥 붙어 있는 탓이다. 거짓말 안 보태고 창문을 통해서 옆집으로 넘어갈 수 있을 정도다. 옆집에서 볼륨을 좀 키워주신다면 TV도 같이 볼 수 있을 것만 같다.

우리 집은 특히 골목 입구와 가까워서 길가에 있는 상가에서 나는 소음도 은은하게 들린다. 골목 입구에는 태권도장과 편의점, 술집이 있다. 낮에는 조무래기들이 "어이! 어이!" 하고 기합 넣는 소리가 들려오고, 밤에는 취객들이 "우욱… 우욱…" 하고 토사물 넣는 소리가 들려온다. 그 정도야 이제 적응이 되어 일상 비지엠(BGM)처럼 느껴지지만, 아직도 불시에 날아드는 취객들의 고성에는 번쩍번쩍 잠이 깬다.

어느 날 밤에도 고함 소리에 잠이 깼다. 시계를 보니 새벽 세 시였다. 남자 서너 명이 싸우는 듯했다. 목소리만 들어도 혈중 알코올 농도 0.1퍼센트는 넘는 것 같았다. 성인 남성들이 4세 유아들처럼 저 하고 싶은 말만 하며 악을 써 댔다. 잠시 후 제삼자가 끼어들어 말리기 시작했다.

"아 그만들 좀 하세요, 그만들 좀!"

"비켜봐, 저 자식이랑 말하고 있잖아!"

"뭐 하시는 겁니까? 다 큰 어른들끼리!"

"이 자식은 뭐야, 넌 뭔데!"

"저요? 저요…? 저는 아무것도 아닌데요!"

순간 나는 나도 모르게 "푸학" 하고 웃어버렸다. 그러자 갑자기 밖이 잠잠해졌다. 나는 속으로 '헉' 했다. 3초 정도 정적이 흘렀다. 나는 바짝 긴장했다. 그 잠깐 동안 취객들이 나를 찾아내 우리 집 현관문을 두드리는 상상까지 했다. 그때 취객 한 명이 말했다.

"어떤 자식이 웃었어?"

"난 아니야."

"나도."

"X발, 너네 중에 한 명이겠지!"

그러더니 취객들은 이제 누가 웃었는지를 두고 다투기 시작했다. '아무것도 아닌' 남자까지 가세해 고래고래 고함을 쳤다. 이러다 앞집 할머니까지 깨면 이 새벽에 남가좌동 전체가 들썩이게 되는 것은 아닌가, 하고 걱정이 되기 시작했다. 게다가 난 내일 출근도 해야 하는데 말이다! 다행히도 나 같은 걱정을 하는 사람이 또 있었는지, 신고를 받은 경찰이 삐요삐요 출동했다. 30분 정도 웅성거리더니 곧 잠잠해졌다. 그렇게 사건이 종결된 시간은 새벽 네 시였다. 소음공해로 위자료라도 청구하고 싶은 마음이었다. 눈물도 찔끔 올라왔지만 꾹 참고 다시 잠을 청했다.

경기도의 본가도 고층은 아니다. 2층이지만 아파트 단지라서 창문을 열어 놓고 살아도 소음이 들리지 않았다. 같은 저층이어도 아파트 단지와 빌라촌은 삶의 질이 다르다. 그래도 나처럼 건물 한 층에 한 가구만 사는 빌라는 좀 나은 경우다. 나의 지인이 사는 건물은 한 층에 두세 가구가 산다. 그런데 벽이 얇아서 방음이 잘 안 된다. 벽간 소음이 얼마나 잘 들리는지, 옆집 사람이 뭐하고 있는지 다 알 정도라고 했다. 문이 쾅 닫히는 소리를 듣고 옆집 사람이 퇴근한 줄 알고, 밤 12시에 청소기 소리를 듣고 옆집 사람이 얼마나 청결한지 안다고 했다. 종종 뱅크의 노래 〈가질 수 없는 너〉를 부르는 소리도 들려오는데 화음이라도 넣어드릴까, 싶은 생각이 든다고. 지인은 어떤 소음이든 다 괜찮았지만 딱 한 가지만은 참을 수 없다고 말했다.

"옆집 사람이 집에 애인을 데려왔는지 안 데려왔는지까지 알게 되더라고."

"어떻게 알았는데?"

"소리가 들렸기 때문이지."

"무슨 소리?"

"그… 알잖아 뭔지."

"아하! 이야~ 그래 더 설명 안 해도 알겠다야."

"웃지마, 나 진짜 마음 고생 많았다."

지인의 이야기를 들으며 그야말로 '웃프다'는 표현이 딱이라고 생각했다. 웃겼지만 마냥 웃기지만은 않았다. 자고로 집이란 내가 생활하는 소리가 남에게 들리지 않고, 남이 생활하는 소리가 내게 들리지 않아야 하는 공간인데, 매일 들려오는 이웃집 소음에 '아, 이래도 되는 것일까'라는 생각이 든다면 심히 고단할 것 같다.

그래서, 집을 지을 때 지켜야 할 소음의 기준을 몇 가지 딱 정해보겠다. 옆집에서 못질하는 소리는 들릴 수 있지만 솔로 화장실 타일 닦는 소리는 들리면 안 된다. '쉬즈 곤'이 들리는 건 할 수 없지만 '좋니'는 들리면 안 된다. 드럼 치는 소리는 들릴 수 있지만 리코더 소리는 들리면 안 된다. 월드컵 환호성은 들려도 되지만 애정 행각 소리는 들리면 안 된다… 이 정도는 지켜져야 분리된 공간과 공간, 생활과 생활, 삶과 삶이라고 할 수 있을 것이다.

생활

생활비를
사수하라

생활비,
어디까지 아껴봤니?

우리 집 한 달 생활비는 50만 원이다. 나와 석구는 다달이 25만 원씩 생활비 통장에 입금한다. 우리의 생존이 달린 비용이라는 뜻으로 계좌 이름을 '생존비'로 정했다.

생존비 통장에서 매달 전기세, 수도세, 가스비, 관리비, 식비, 인터넷 요금 등이 빠져나간다. 다 빠져나가면 매달 5만 원 정도가 남는다. 이 돈은 모아뒀다가 명절이나 어버이날, 부모님 생신 등 지출이 많을 때 보탠다. 여기까지만 읽으면 꽤 순탄하게 가계를 경영하는 것처럼 보인다. 하지만 위기는 항상 보이지 않는 곳에 도사리고 있는 법이다.

가정(통장 파탄)의 달 5월, 우리의 생존비는 빠르게 바닥

나고 있었다. 더군다나 4월에는 아빠 생일과 부모님의 결혼
기념일이 있었다. 나는 5월이 시작되기도 전에 이미 돈이 없
었다. 과거와 현재와 미래의 빵떡이 힘을 모아 겨우 어버이
날 용돈을 마련할 수 있었다. 내 통장들이 '아이구 이눔아,
그것만은 안 된다!'고 소리치는 환청이 들렸다. 엄마는 용돈
을 받고 환하게 웃으며 말했다.

"어이구 우리 딸, 이렇게 돈 많이 써도 되는 거야?"
"괜찮아, 며칠 굶으면 돼…."

엄마는 농담인 줄 아는지, 딸이 굶어도 상관 없는 것인지 아
무튼 사양 않고 야무지게 용돈을 챙기셨다. 괜히 서러운 마
음에 아빠에게 가서 따졌다.

"아빠, 대충 11월 쯤에 태어나지 그랬어… 왜 이렇게 큰
행사를 몰아서 했어."
"애, 뭐 11월은 다르니. 연말에는 또 연말에 돈 쓸 데가
다 있는데."

맞는 말이었다. 돈은 늘 없고 쓸 데는 늘 많았다. 5월 보릿고 개는 어찌저찌 넘겼다만, 앞으로 어떻게 살지 생각하면 머리가 아팠다. 나와 석구는 대대적인 긴축재정을 감행하기로 했다. 일단 장을 볼 때 가격을 더 꼼꼼히 따지기로 했다. 원래도 할인 품목 위주로 사기는 했지만 더 보수적으로! 최저가로! 예산을 집행해야 했다.

"비엔나 소세지 이거 살까?"

"잠깐만, 하림 거는 700그램인데 롯데 거는 850그램이야. 가격은 똑같은데."

"근데 개수는 하림이 더 많아."

"롯데가 소세지 하나당 크기가 더 큰가 보지."

"근데 돼지고기 함량은 하림이 더 많아. 88퍼센트야. 롯데는 45퍼센트인데."

"뭘 사치스럽게 고기 함량 높은 걸 먹어, 그냥 이거 사."

나와 석구는 뭐 하나를 살 때도 세계경제포럼에 참석한 사람들처럼 열띠게 토론했다. 하지만 그래봤자 몇 천 원밖에 절약하지 못해 구슬퍼졌다. 좀 더 확실한 절약 방법이 필요했다. 나는 영수증 내역을 꼼꼼히 살펴봤다. '무슨 돈을 이렇게 많이 썼지? 계산이 잘못된 거 아니야?'라고 생각했지만 지출 내역을 확인해보니 죄다 내가 쓴 돈이 틀림없었다. 더 억울한 건 각각의 지출 내역은 3천 원, 5천 원으로 소소한데, 이것들이 모여 몇십만 원이 된다는 것이다. 티끌 모아 태산은 왜 이런 데만 적용되는 것일까. 눈물을 닦고 정신을 가다듬었다. 보아하니 생수 값이 정기적으로 빠져나가고 있었다. 수도꼭지를 돌리면 아리수가 콸콸콸 나오는데 굳이 생수를 사 먹을 필요가 있을까? 나는 수돗물을 끓여 마셔보기로 했다.

다이소에서 5천 원짜리 1.3리터 물병 네 개를 샀다. 커피포트에 수돗물을 끓여 물병에 넣고 상온에서 식힌 후 냉장고에 넣었다. 그렇게 한두 달 끓여 먹다 보니 지금은 생수를 전혀 사지 않을 만큼 익숙해졌다. 물론 계속 물을 끓여야 해서 번거롭긴 하지만, 또 염소 냄새가 좀 나긴 하지만, 또 종종 물통을 닦아서 햇빛에 말려야 하지만… 솔직히 단점이 좀 있다. 하지만 돈이 덜 들고 플라스틱 쓰레기도 덜 나와서 우리는 이 방법을 채택하기로 했다. 고도로 발달한 거지는 환경 운동가와 구분할 수 없다더니, 그 말이 맞았다.

나는 작년 여름, 무분별한 에어컨 사용으로 전기 요금이 아주 사악하게 청구된 것을 기억해냈다. 그때는 '에어컨도 마음대로 못 켜면 뭐하러 돈을 버나!'라는 마음으로 조금만 더워도 에어컨을 켰다. 그 결과 한전으로부터 전기 요금 폭탄이라는 뭇매를 맞았다. 올해도 같은 실수를 반복할 수는 없었다. 나는 다음과 같이 에어컨 사용 규칙을 정했다.

첫째, 에어컨은 집에 2인 이상 있을 때만 켤 수 있다. 둘째, 잘 때는 에어컨을 끄고 잔다. 셋째, 에어컨은 7월 중순부터 8월 중순까지 한 달만 사용한다. 석구는 새로 제정된 에어컨 사용 규칙에 크게 반발했다.

"인간적으로 열대야일 때는 밤에도 켜야 돼."

"아니야, 더운 것도 모를 만큼 곤히 잠들면 돼."

"그게 맘대로 되냐."

"더워서 잠이 안 오면, 밖에 나가서 한 바퀴 뛰고 와. 몸을 피곤하게 만들어. 그래서 졸음이 더위를 이기게 만들어."

"그게 대체 무슨 말이야…."

결과부터 말하면 에어컨 사용 규칙은 지켜지지 못했다. 6월 말부터 찜기에 들어앉은 듯 더웠던 것이다. 선풍기를 애착 인형처럼 붙들고 있었음에도 방바닥에 발이 쩍쩍 들러붙었고, 고온다습한 공기가 진하게 백허그를 했다. 7월 초가 되자 조금만 짜증이 나도 악다구니를 쓰게 되었다. 이러다 통장 잔고보다 인성이 먼저 털리겠다는 생각이 들어 에어컨을 켰다. 나는 3분 만에 평화로워졌다. 인간의 성품은 성선설도 아니고 성악설도 아니고 온도와 습도에 좌우된다.

근검절약을 부지런히 외쳤지만, 돈을 하염없이 안 쓸 수는 없었다. 필요할 땐 써야 했다. 우리 집은 청소기 대신 밀대에 청소포를 끼워 사용해왔다. 그런데 밀대를 오래 쓰다 보니 겉면이 낡아 후두둑 떨어지기 시작했다. 청소도 깨끗이 안 되는 것 같아서 이참에 청소기를 하나 사기로 했다. 나와 석구는 각자 찾아본 청소기 링크를 카톡으로 보냈다. '이거 어때냐' '이거는 무선이야' '이거는 물걸레도 된대' '이게 흡입력이 좋대' 하는 이야기를 나눴다. 하지만 늘 그렇듯 가장 싼 걸 골랐다.

　우리가 고른 청소기는 무선도 아니고 물걸레도 안 되고

흡입력도 그저 그렇지만 3만 5천 원이라는 저렴함을 자랑했다. 무료 배송이라는 감격스러운 혜택까지 있어 당장 구입했다. 며칠 뒤 집에 도착한 청소기는 딱 3만 5천 원 정도의 구린 디자인이었으나, 우리에게 디자인은 중요하지 않았다. 나는 두근두근하며 청소기를 개시했다.

청소기   와아아아앙~~~~!
빵 떡   (?)
청소기   와아아아아아아아아앙~~~~!!!
빵 떡   (???)

청소기가 아니라 탱크를 산 것일까. 익히 알고 있던 위잉- 정도의 소리가 아니었다. 아랫집 윗집에서 뛰어와 집에서 매미 100마리를 키우면 안 된다고 경고해도 이상하지 않을 정도의 엄청난 소음이었다. 나는 퇴근한 석구 앞에서 다시한번 실연을 해 보였다. 석구도 이런 소리는 생전 처음 듣는다는 표정이었다.

"왜 이런 소리가 나는 거지?"

"글쎄… 그래도 청소가 되긴 돼."

"청소기를 샀으니까 당연한 거 아닐까."

"응 그렇네."

나와 석구는 청소기를 사이에 두고 얼마 동안 말이 없었다. 머리가 아팠다. 나는 고심한 끝에 청소기를 그냥 쓰기로 했다. 다른 이유보다도 반품 배송비 5천 원이 너무 아까웠다. 지금 생각하면 그냥 5천 원을 내고 청소할 때마다 소음에 시달리지 않는 편이 나았을 것 같다. 그러나 돈에 쪼들리다 보면 제대로 된 의사결정이 어려워진다.

나는 독립하고 나서야 엄마, 아빠가 계란 한 판에 7천 8백 원인 마트에서 5천 8백 원인 마트로 땀 흘리며 간 이유를 알게 되었다. '2천 원 차이면 그냥 여기서 사지'라고 생각한 나는 얼마나 세상 물정 모르는 온실 속 화초였던가. 엄마, 아빠가 밖에서 커피를 절대 안 사 마시는 이유도 알 것 같았다. 5천 원짜리 커피 한 잔이면 양파 3킬로를 살 수 있기 때문이다. 나도 이제 마트에서 100그램당 가격을 따지고, 쿠팡에서 '낮은 가격순'으로 제품을 고르고, 마트 세일 상품 전단지를 뒤적거리고, 전처럼 몇천 원을 선뜻 쓰지 못하는 사람이 될 거라는 예감이 강하게 든다.

백종원 레시피보다
엄마 레시피가 좋은 이유

오늘은 내가 요리사 (섬뜩)

"여보세요."

"엄마 난데, 무생채 어떻게 만들어?"

"무생채? 웬 무생채?"

"집에 무 남은 게 있는데 상온에 뒀더니 말라비틀어지는 것 같더라고. 빨리 반찬으로 변신시켜줘야 할 것 같아."

"라면도 안 끓이던 애가 무생채를 한다니 기막히네⋯."

엄마는 기막혀 하면서도 열심히 레시피를 불러 주었다. 나는 '라면도 안 끓이던 애'는 아니었지만 엄마가 레시피를 안 알려줄까봐 잠자코 받아 적었다.

"무에 소금을 착착착 뿌리고, 30분 기다리면 물이 생기는데 그걸 꼭꼭 짜. 그리고 고추가루랑 식초, 설탕 삭삭 뿌려서 조물조물 버무리고⋯."

엄마의 입에서 나오는 '착착착'이라든가 '꼭꼭' '삭삭' '조물조물' 같은 단어가 듣기 좋아 못 알아들은 척 몇 번 더 물어봤다. 물론 유튜브에 '백종원 무생채'라고 검색하면 구독자 550만 명에 빛나는 백종원의 유튜브 채널(이 순간에도 구독자는 늘고 있다)에서 레시피를 볼 수 있다. 하지만 왠지 무생채만큼은 엄마만의 비결이 있을 것 같았다. 왜냐하면 엄마의 무생채는 심하게 맛있기 때문이다. 나와 석구는 그 무생채를 거의 국수처럼 후루룩후루룩 먹는다. 하지만 엄마의 레시피를 들어본 결과, 비결은 딱히 없는 것으로 밝혀졌다. 역시 비결 같은 건 〈생생정보통〉에 나오는 맛집에나 있나 보다.

　무생채 만들기를 시작한 지 얼마 되지 않아서 몇 가지 난관에 봉착했다. 일단 무를 써는 것부터 험난했다. 체감상 무가 아니라 나무 기둥을 써는 느낌이었다 반 정도 썰었을 때 진지하게 지금이라도 때려칠까 고민했지만, 엄마는 매일 하는 고생인데 나라고 포기할 수는 없다는, 전에 없던 효심과 도전 정신이 생겼다. 나중에 엄마한테 "무 써느라 손목 나갈 뻔했다"고 하니 엄마가 "엥? 너네 집에 채칼 없니? 칼로 썰면 힘들지"라고 말해 묘하게 배신감을 느꼈다.

다음 난관은 무의 물기를 짜는 일이었다. 엄마가 분명 '물을 꼭꼭 짜라'고 했는데 '꼭꼭'이 얼마나 꼭꼭인지 명확하지가 않았다. 나는 '꼭'이 한 번도 아니고 두 번이나 들어갔으니 분명 많이 짜라는 뜻이라고 판단했다. 그러나 대부분 그랬듯 내 판단은 틀렸고, 즙 짜듯이 무를 쥐어짠 결과 석구에게 무생채가 아니라 무말랭이 아니냐는 평가를 받았다.

마지막 난관은 재료의 부재였다. 우리 집엔 소금, 설탕, 간장 말고 없었다. 그러나 엄마의 레시피에는 생각보다 많은 재료가 필요했다.

"매실청을 한 숟갈 넣고."

"없는데?"

"그럼 그냥 올리고당 넣고."

"없는데?"

"사와 그럼 인마. 그리고 멸치 액젓도 반 숟갈 넣어."

"없는데?"

"…너어는 공기로 음식을 만들려고 했니?"

나는 비슷한 재료로 대체하면 된다고 생각했다. 그래서 멸치 액젓 대신 간장을 넣고, 매실청 대신 유자차를 넣으려다 석구에게 강하게 제지를 당해 결국 설탕을 넣었다. 다 만들고 석구에게 간을 보라고 했다. 석구는 뭔가 밍밍하다고 했다. 나는 고심 끝에 이렇게 말했다.

"음… 라면 수프 좀 넣을까?"

"…돌았나?"

그렇게 해서 이 음식의 최종 이름은 '무생채가 되고 싶었던 돌은 무말랭이'가 되었다.

어느 날엔 마트에 갔는데 부케 다발만한 고구마 줄기가 한 단에 1500원밖에 안 했다. '와, 이게 1500원이면 농부들은 남는 게 없을 텐데!' 하며 내가 남의 장사를 걱정하는 사이에 마트 직원 아주머니가 오셔서 친절하게 고구마 줄기 요리법을 알려주셨다.

"줄기에서 잎을 똑 떼요. 그리고 껍질 벗겨서 폭 삶아. 그 다음에 들깨랑 볶으면 엄청 고소하고 맛있어~"

오, 듣고 보니 대단히 쉬울 것 같았다. 나는 왠지 할 수 있을 것 같다는 자신감이 생겼다. 옆에 있던 석구는 그러지 말라며, 같이 먹는 사람 입장도 생각해 달라며 나를 말렸다.

"야, 그렇게 치면 아파트 짓는 것도 쉬워. 들어봐. 철골을 세워. 벽돌을 쿵 놔요. 그리고 시멘트를 슥 바르면 엄청 튼튼하고 멋있어~ 어때, 내말이 맞지?"

"……"

나는 석구의 말을 한 귀로 흘렸다. 나의 불 붙은 요리 열정을 막을 수는 없었다. 나는 아주머니의 말을 믿고 고구마 줄기 두 단과 들깨 한 봉지를 사서 위풍당당하게 귀가했다. 나는 찬물에 고구마 줄기를 씻고 잎을 모두 뗐다. 생각보다 시간이 오래 걸리긴 했지만 어려운 일은 아니었다.

이제 줄기의 껍질을 벗길 차례였다. 그런데 껍질이… 껍질이 벗겨지지 않았다. 고구마 줄기를 소금물에 불리면 껍질이 흐물흐물 벗겨질 줄 알았는데 아니었다. 애들은 서로 떨어질 생각이 전혀 없었다. 어쩔 수 없이 손톱으로 살살 긁어 가며 껍질을 벗기기 시작했다. 30분 넘게 그 짓을 하던 나는 뭔가가 잘못되었음을 느꼈다. 볶음 반찬 하나에 이렇게 손이 많이 가는 건 있을 수 없는 일이었다. 나는 또 엄마에게 전화했다.

　　"엄마, 고구마 줄기 쉽게 까려면 어떻게 해야 해?"

　　"엥? 고구마 줄기를 왜 까?"

　　"고구마 줄기 볶음 해먹으려고."

　　"그걸 껍질 벗겨 놓은 걸 사야지 안 깐 줄기를 샀어?"

　　"껍질을 벗겨서 팔아?"

　　"아이고 당연하지. 그걸 어느 세월에 까."

엄마와 통화를 마친 나는 노동할 의욕이 뚝 떨어졌다. 꽃다발을 꼭 쥐고 관에 누운 백설 공주처럼 고구마 줄기 더발을 손에 쥐고 주방 바닥에 드러누웠다. 그때 엄마에게서 다시 전화가 왔다.

"빵떡아, 그거 줄기를 똑똑 분지르면서 껍질 벗기면 더 잘 벗겨져."

다시 자리를 잡고 앉은 나는 엄마 말대로 줄기를 분지르며 껍질을 깠다. 아까보다 훨씬 수월했다. 물론 그럼에도 고구 마 줄기의 양이 절대적으로 많았기 때문에 그날 오후 내내 까긴 했다. 단순노동을 오래 하다 보니 명상을 하는 듯 잡념 이 사라지는 효과가 있었다. 번뇌가 많은 사람에게 고구마 줄기 까기를 적극 추천한다. 우여곡절 끝에 나는 고구마 줄 기 볶음을 완성했고 주말에 본가에 갖고 갔다.

"수고했다. 이제 엄마가 반찬 안 해줘도 되겠네."
"그럼, 이제 내가 반찬해서 엄마 줄게."
"그건 사양한다."
"아 왜, 맛있어~"
"석구가 네 무생채 보고 무말랭이라고 하던데."
"아… 그 정도는 아니야."

엄마는 내가 "마음 비우는 데는 108배보다 고구마 줄기 까는 게 짱이야"라고 말한 부분에서 특히 크게 웃었다. 딸의 고통에 이리 즐거워 하실 줄이야…. 엄마, 아빠는 내 어이없는 실수를 재미있어했고 내 요리는 오랫동안 우리 가족의 이야깃거리가 되었다.

엄마, 아빠는 이제껏 내 모든 일의 시작을 봐왔듯이, 내 독립의 시작도 지켜봐주고 있다. 검색만 하면 백종원이 모든 레시피를 다 가르쳐 주는 세상이지만 당분간은 전화로 엄마에게 레시피를 물어보려고 한다. 이런 세상에서도 처음 시작하는 서투름을 가족과 공유하는 즐거움은 늘 유효하기 때문이다.

내겐 너무
어려운 집안일

**자취는 초보,
집안일은 왕왕초보입니다!**

어떤 일을 하든 세 가지 중에 하나는 있어야 한다고 생각한다. 욕심이 있든지 재미가 있든지 재능이 있든지. 나에게 집안일은 이 세 가지 중 어느 하나도 해당되지 않는다. 나는 청소기를 윙윙 돌리며 푸념을 늘어놓았다.

"왜 아직도 인간이 이 시끄럽고 귀찮은 짓을 직접 해야 하는 거야, 응? 과학 기술이 아직도 충분히 발달하지 못한 거야? 스위치 딱 누르면 집 안이 짠! 하고 깨끗해지는 그런 기술을 빨리 개발해야지, 안 그래?"

석구는 2주만에 청소하는 주제에 온갖 불평을 다 하는 나를
그저 신기하게 봤다. 이런 내가 집안일에 눈을 반짝일 때가
있다. 기막히게 좋은 아이디어가 생각났을 때다. 그럴 때 '어
쩜 난 천재야' 하며 실행에 옮긴다. 그러나 보통 그렇게 벌인
일들은 결과가 좋지 않았다. 그중 몇 가지 사건에 대해 이야
기해보려 한다. 그 전에 확실히 해두자면 늘 망하는 건 아니
다. 잘할 때도 있다. 하지만 성공 사례는 재미가 없으니까⋯
거듭 말하지만 잘할 때도 있다. 진짜로⋯.

하루는 동묘에서 스웨터를 사 왔다. 보라색과 회색 줄무늬
가 있는, 마치 해리포터가 즐겨 입었을 것 같은 스웨터였다.
살까 말까 고민하는 나를 발견한 사장님은 노련한 말솜씨로
나의 소비 욕구를 자극했다.

"이거 하나에 5천 원. 이만큼 상태 좋은 게 잘 없어. 오
늘 아침에 신상으로 들어온 거야. 요즘 젊은 사람들이 많이
입는 스타일이네, 그치? 원래 만 원은 받아야 되는데 언니한
테는 5천 원에 줄게."

"오, 엄청 싸네요? 근데⋯ 먼지 냄새가 좀 심하게 나는

것 같은데….”

“에이 냄새는 입기 전에 세탁기 한 번 돌리면 금방 빠지지. 그래서 내가 5천 원에 준다잖아~ 신상이라니까 신상.”

사장님은 신상의 뜻을 뭐로 알고 계셨던 걸까. 신께서도 만들고 잊어버린 상품…? 실로 신께서도 까먹을 만큼 오랜 세월 창고에 짱박혀 있던 냄새가 났다. 봉지에 담아 주셨음에도 퀴퀴한 냄새가 봉지를 뚫고 나왔다. 집에 도착해 석구에게 스웨터를 보여줬다. 석구는 옷에 코를 가까이 대기도 전에 질색을 했다. 나는 슬슬 걱정이 됐다.

“우욱 구려….”

“근데 말이야, 이 냄새가 과연 빠질까…?”

“검색해보자. 옷 냄새 빼는 법… 아, 섬유유연제에 푹 잠기게 담가 놓고 10분 있다가 물로 헹구면 냄새가 빠진대.”

나는 바로 실행에 옮겼다. 스웨터를 세숫대야에 넣고 바이올렛 가든 향 피죤을 콸콸콸 부었다. 분명 옷이 푹 잠겨야 한다고 했는데 택도 없었다. ‘아하! 섬유유연제가 부족한가 보다'라고 생각한 나는 집 앞 마트에 가서 섬유유연제를 한 통 더 샀다. '4690원⋯ 5천 원짜리 옷의 냄새를 빼기 위해 5천 원이 더 드는 건 과연 합리적인 일일까? 아, 그래서 사장님이 원래 만 원짜리 옷이라고 하신 걸까. 냄새를 빼는 값 5천 원을 더해서⋯' 나는 사장님의 놀라운 가격 책정 방식에 감탄하며 섬유유연제를 들고 집에 왔다. 세숫대야에 새로 산 섬유유연제 한 통을 다 붓자 그제야 옷이 푹 잠겼다. 10분 뒤 섬유유연제에 쩔어서 향기롭지 않을 수 없어진, '향기' 그 자체가 돼 버린 스웨터를 드럼 세탁기에 넣고 '헹굼'을 눌렀다. 얼마가 지났을까. 세탁기 앞을 지나치던 나는 소스라치게 놀랐다. 세탁기 안에 거품이 바글바글했던 것이다. 놀란 나는 석구를 불렀다.

"석구야 저것 봐 왜 저러지? 나는 하라는 대로 했는데⋯ 섬유유연제에 10분 담갔다가 헹구는데 저렇게 됐어."
"뭐야, 뭔 짓을 한 거야?"

석구는 세탁기 안을 유심히 들여다 봤다. 그래도 원인을 모르겠는지 화장실로 가 스웨터를 담가 놓았던 대야를 보았다.

"너… 섬유유연제를 얼마나 푼 거야?"

"두 통 정도?"

"두 통이라니? 미쳤어? 한두 컵 정도만 물에 넣고 희석시켜야지!"

"물에 희석시키라는 말은 안 했잖아. 섬유유연제에 푹 담그라며."

"아니 이거 미용실에서 머리 자르라고 하면 진짜 대가리 날리고 올 놈이네… 적당히 알아들었어야지. 어떻게 섬유유연제 원액에 스웨터를 담글 생각을 하지? 뇌가 어떻게 생겨 먹은 거야….'"

석구는 내 머리통을 가르고 뇌를 꺼내 보이는 시늉을 했다. 우리가 투닥거리는 사이에도 세탁기 안은 점점 버블버블해졌다. 나는 거품이 빠질 때까지 헹궈보자는 생각으로 저녁내내 계속 헹굼 버튼을 눌렀다. 하지만 거품은 도무지 사라질 생각이 없었다. 결국 세탁을 중단하고 세탁기에서 스웨터를 꺼냈다.

"야, 근데 이 알맹이들은 뭐냐?"

세탁기 안에는 사방에 동글동글한 알맹이들이 붙어 있었다. 나는 하나를 집어서 유심히 살펴보았다.

"아 이거 털뭉치네. 계속 헹궜더니 스웨터에서 털이 빠져서 뭉친 거네."

"이야… 옷에서 이 정도로 털이 빠지기도 하는구나. 바야바를 넣고 빤 수준이네… 이거 물 빠지는 구멍 막으면 큰일인데."

나와 석구는 세탁기 앞에 주저앉아 털뭉치를 주섬주섬 주워 담았다. 나는 양손 가득 털뭉치를 들고 석구에게 말했다.

"와~ 털뭉치를 모으니까 꼭 버블티에 들어가는 펄 같다. 그치?"

"진짜… 꼭꼭 씹어서 맛보게 해 줘?"

"……"

나는 석구가 실제로 그럴 수 있을 것 같아서 가만히 있기로 했다. 이쯤되니 나도 의문이 생겼다. 나는 왜 집안일을 해결하는 게 아니라 만들어내는 걸까? 아무것도 아닌 일을 문제 상황으로 부풀리는 것도 재주라면 재주일까. 그러고 보니 빨래와 관련해 저지른 일이 또 하나 생각났다(이 정도면 나는 빨래를 하면 안 되는 게 아닐까).

우리 집은 베란다가 없어서 실내에서 빨래를 말린다. 경험해 본 사람은 알겠지만 실내에서 말리면 빨래에서 쉰내가 난다. 실내 건조용 섬유유연제를 써도 난다. 본가에서는 베란다에서 빨래를 말렸기 때문에 나는 독립한 후 처음으로 빨래 쉰내라는 것을 맡게 되었다. 처음 맡았을 때는 빨래 할 때 세제 말고 된장을 풀었나 싶을 정도로 구린 냄새가 났다. 빨래에서 이런 냄새가 난다니 충격이었다. '이럴 바엔 빨래를 안 하는 게 낫지 않나…'라는 생각까지 들 정도였다. 냄새는 좁아터진 거실을 가득 메웠다. 이후로는 한겨울이라도 빨래를 한 후에 반드시 창문을 열어두었다. 빨래를 위해 집 온도를 내어준 나는 집 안에서 롱패딩을 입었다. 어느 날엔 코를 훌쩍거리며 엄마에게 전화를 했다.

"엄마, 갈수록 빨래 쉰내가 심해지고 있어."

"추우니까 문 열지 말고, 보일러 빵빵하게 틀고 동시에 에어컨을 제습 모드로 틀어 봐."

"그렇게 사치스러운 짓을 하라고?"

"그럼 계속 춥던지! 아니면 너네 수건이 오래돼서 냄새가 심한 건지도 모르니까 수건을 싹 모아다가 락스 물에 한 번 담갔다 빨아 봐."

그러고 보니 독립할 때 집에서 쓰던 수건 몇 개를 챙겨 와서 그걸 계속 사용하고 있었다. 엄마 말을 들으니 유난히 수건에서 쉰내가 많이 나는 것 같았다. 나는 수건을 락스 물에 담가 보기로 했다. 섬유유연제 원액에 스웨터를 담근 나의 전적을 알고 있던 엄마는 수건을 절대로 락스 원액에 담그면 안 된다고 신신당부를 했다.

"수건이 푹 잠길 만큼 물을 받고 거기에 락스는 한두 컵만 푸는 거야. 알았지? 꼭 그래야 한다. 할 때 고무장갑도 꼭 끼고. 락스는 절대 맨손으로 만지지 말고."

엄마는 '절대'라는 단어를 약 서른 번쯤 쓰며 설명해줬다. 중간중간 이 방법을 알려준 것을 후회하는 듯한 기색도 보였다. 하지만 나는 신나는 락스 물 놀이를 할 생각에 이미 설레고 있었다. 엄마와 전화를 끊고 집에 있는 수건들을 모두 모았다. 근데 이 수건들이 전부 들어갈 만한 곳이 없었다. 큰 플라스틱 대야도 없고, 세면대는 턱없이 작았다. 집을 둘러보던 내 눈에 마침 싱크대가 눈에 띄었다. 싱크대 구멍을 막고 거기에 물을 받으면 될 것 같았다.

'예아, 암 지니어쓰…' 나는 싱크대에 수건들을 휘휘 던져 넣었다. 그리고 수건이 잠길 때까지 물을 받았다. 락스통을 자세히 보니 냄새 제거할 때는 락스를 180배 희석시키라고 되어 있었다. 물의 양이 락스 양의 180배라는 뜻인 것 같았다. 나는 락스를 쪼로록 부었다. 하지만 이게 물의 1/180배인지 알 수가 없었다. 나는 한 번 더 쪼로록 부었다. 이 정도 부어서는 락스의 효과가 별로 없을 것 같았다. 나는 한 번 더 쪼로록 부었다. 그런 식으로 몇 번을 쪼로록 쪼로록 부었다. 느낌상 이 정도면 됐을 것 같다는 생각이 들 때 멈췄다. 몇 시간 담가두라고 했으니 이제 기다리는 일만 남았다. 기다리는 동안 나는 낮잠을 때렸다. 서너 시간 정도 지났을까. 잠에서 깬 나는 수건부터 확인하러 갔다. 육안으로는 잘 된 건지 어쩐지 알 수 없었다. 엄마가 당부한 대로 고무장 갑을 끼고 제일 위에 있던 수건 하나를 건져 올렸다. 그런데 '어라?' 원래 없던 얼룩이 생겼다. 흰 애벌레처럼 생긴 얼룩 이었다. 잘 보니 구멍도 살짝 나 있었다. 나는 다른 수건들도 꺼내 보았다. 다른 수건 몇 개에도 비슷한 얼룩이 져 있었다. 이 상식 밖의 현상이 왜 일어났는지 이해가 되지 않았다. 이 럴 땐 석구가 필요했다.

"석구야! 나와봐!!"

석구는 '뭔 일을 꾸미더니 또 사고를 쳤구나 아주 지긋지긋 하다'는 표정으로 나왔다. 나는 석구에게 수건의 상태를 보 여주었다. 석구는 락스 냄새보다 짙은 한숨을 쉬며 말했다.

"너 수건 위에다가 락스 뿌렸지?"
"그럼 수건 위에 뿌리지 어디다 뿌려?"
"아니 먼저 물에 락스를 희석시킨 다음에 수건을 넣었 어야지. 수건 위에 락스를 냅다 뿌리면 락스를 정통으로 맞은 수건들이 어떻게 되겠어? 원액에 바로 닿겠지? 그래서 이렇게 허옇게 자국이 남은 거야. 심하면 이렇게 구멍이 나는 거고."

"아…."

"아주 수건에 추상 미술을 그려놨네. 너 거울은 봤어?"

"거울은 왜?"

"가서 한 번 봐봐…."

호다닥 방으로 달려가 거울을 본 나는 깜짝 놀랐다. 내가 입고 있는 남색 맨투맨에도 흰 얼룩이 생긴 것이다. 생각해보니 락스를 쪼로록 부을 때 수건에 떨어진 락스가 내 옷에도 튄 것 같았다. 석구는 재수 없는 포즈로 내 방 문에 기대어 물었다.

"내가 진짜 궁금해서 그러는데 너 회사에서도 욕 많이 먹지? 집안일도 이 지경으로 하는데 좋은 소리를 들을 리가 없어."

"……."

반박하려다 또 아주 틀린 말은 아니어서 잠자코 있을 수밖에 없었다. 할 일은 마저 해야했기에 수건들을 락스 물에서 건져내 세탁기에 돌렸다. 세탁된 수건들을 건조대에 쫙 널고 보니 마치 현미경으로 확대한 세균 배양액을 전시해 놓은 것 같았다. 다행히 그 후로 쉰내는 나지 않았다. 그래도 목적을 달성했으니 성공이라고 할 수 있지 않을까…?

　이 밖에도 내가 해 먹은(?) 집안일들이 꽤 있다. 뜨뜻한 물에 빨아 아동용으로 만들어 버린 니트, 기름국이 된 감바스, 지옥에서 온 오코노미야키, 라따뚜이가 될 뻔한 토마토 용암탕… 집안일 실력은 언제쯤 느는 것일까? 욕심과 재능이 없는 건 확실하고. 재미를 약간 느낄 때가 있으나 그 재미는 곧 재앙이 돼 버리니….

　문득 박원의 〈노력〉이라는 노래가 생각났다. 노래 가사에서 '사랑'을 '집안일'로 바꾸면 내 상황과 별다를 게 없다. "나도 노력해봤어 우리의 이 사랑(집안일)을. 안되는 꿈을 붙잡고 애쓰는 사람처럼. 사랑(집안일)을 노력한다는 게 말이 되니. … 사랑(집안일)을 노력한다는 게. 노력으로 안되는 게 있다는 게."

주짓수는 처음이라

괜찮다, 모든 일을 잘하지 않아도 정말 괜찮다

나는 말랑한 몸의 소유자다. 인바디를 측정하면 늘 골격근 량 표준 이하, 체지방량 표준 이상, 체중 표준 이상이 나오는 두부 같은 신체를 갖고 있다. 그래도 순두부보다는 단단한 부침용 두부가 되기 위해 나름대로 이런저런 운동을 해왔다.

중학생 때는 2년 동안 합기도를 했고, 대학생 때는 3개월 간 복싱을 배웠고, 직장인이 되어서는 요가 3개월, PT도 3개월 정도 했다. 중간중간 헬스 유튜버들의 영상을 보며 홈트도 하고, 러닝도 했다. 운동 기간을 보면 알겠지만 어른이 된 후엔 뭐 하나 진득하게 하지 못했다. 슬쩍 찍어 먹어 보고 '에잇 이 맛이 아니야' 하며 퉤 뱉어 버렸다. 남들이 좋다는 운동에 솔깃해서 시도했다가 슬그머니 그만두는 패턴의 반복이었다.

최근에는 코로나를 핑계로 몇 개월 째 운동을 안 했다. 그래서인지 체중이 야금야금 불어나고 옆구리 살이 비죽비죽 튀어나왔다. 흐물해진 뱃살을 손에 한 움큼 쥐고 생각했다. '딱 이만큼만 똑 떼어내면 좋을 텐데. 허벅지 살도 이만큼만 잘라내고 싶다…' 하지만 이 살들을 불리고 유지하는 데 들어간 돈과 먹은 떡볶이 양을 생각하면 쉽게 사라지지 않을 것 같았다.

나이가 들수록 의지가 어디로 질질 새는지 혼자서는 규칙적으로 운동하기가 힘들었다. 그래서 배울 만한 운동이 없는지 이것저것 찾아봤다. 자세 교정에는 필라테스가 좋다고 하고, 칼로리 태우기엔 스쿼시가 좋다고 하고, 크로스핏도 재미있다고 하고… 들리는 이야기는 많았다. 이리저리 눈을 굴리고 있었는데, 문득 내 눈길을 사로잡는 운동이 있었다.

"여자가 남자를 이길 수 있는 유일한 운동, 유도와 주짓수를 알려드립니다!"

이토록 매력적인 카피라니. 안 그래도 회사에 업어치고 싶은 사람도 많은데 잘 됐다는 생각이 들었다. 배워뒀다가 기회가 되면 몰래 암바를 걸 수도 있는 일이었다. 도복을 입고 악당(?)을 제압하는 내 모습을 상상하니 심장이 뛰었다. 도장도 가까웠다. 집에서 걸어서 10분 거리에 있었다. 나는 왠지 운명이 나를 주짓수로 이끄는 듯한 느낌에 충동적으로 등록해버렸다. 조금 신나서 지인들에게 자랑을 했다. 그런데 지인들의 반응이 썩 좋지 않았다.

"야 주짓수 완전 인싸 운동이라는데 할 수 있겠어? 처음보는 사람이랑 완전 밀착해서 하는 운동이래. 친목 모임도 많다고 하고."

생각해보니 느낌적인 느낌으로 등록했을 뿐 주짓수가 어떤 운동인지 찾아보지도 않았다. '인싸 운동'이라고? 나는 불안해져서 유튜브에 주짓수를 검색해봤다. 영상을 몇 개 본 후 나의 감상은 이러했다. '오… 안 되겠는데?' 대부분의 영상에서 사람이 사람을 깔고 앉아 멱살잡이를 하고 있었다. 아까처럼 심장이 뛰었으나 이번엔 약간 안 좋은 느낌으로 뛰

었다. 처음 보는 사람이랑 말도 잘 못 섞는데 저러고 운동을
한다고? 아찔했다. 심지어 '내향적인 사람이 주짓수 배우면
안 되는 이유'라는 제목의 인기 영상까지 있었다. '망했다!'
하지만 이미 도복을 받았고 수업료도 냈다. 어쩔 수 없이 나
가야 했다. 긴장이 돼서 배까지 아픈 것 같았다.

대망의 첫 수업 날, 나는 방 안을 빙빙 돌며 갈까말까를 100번
고민하다가, 결국 눈 딱 감고 도장에 나갔다. 10만 원 남짓
한 돈이 공중분해되는 꼴은 차마 볼 수 없었다. 그런데 첫 수
업을 끝낸 나는 이 걱정이 기우였음을 깨달았다. 낯을 가리
고 할 새도 없었다. 정신 차리면 목이 졸려 있고, 팔이 꺾여
있고, 몸이 구겨져 있었다. 그날 운동 후 나의 감상은 이러
했다. '고통으로 낯가림을 해결해버리다니… 대단한 운동이
군'. 그도 그럴 것이 주짓수는 생각보다 더 격렬한 운동이었
고, 낯가림은 사치였다. 부상의 위험도 높았다. 그래서인지
도장에서는 섬뜩한 이야기가 아무렇지 않게 오갔다.

"상대방 옷깃을 잡을 때 이렇게 잡으시면 안 돼요. 그럼
손가락이 나가요. 그리고 무릎은 너무 쭉 펴지 마세요. 상대

방이 치면 무릎이 나가거든요. 스파링 하실 때 암바는 살살 해주세요. 세게 하면 관절 나가요~"

'어딜 자꾸 나가요… 무서우니까 그만 나가세요…'라는 생각도 잠시, 바로 집중해야 했다. 말 그대로 다치기 쉬워서 나와 상대방의 안전을 항상 신경써야 했다. 특히 손가락 부상이 잦아서 손가락 마디에 테이프를 둘둘 감고 운동하시는 분들이 많았다. 상대방을 제압할 때 옷깃이나 소매, 바짓단을 꽉 쥐는데 이때 손가락이 다치기 쉽다. 손가락 마디나 손톱이 까져 피가 나기도 한다.

"내 도복에 피 묻었는데, 이거 누구 피지?"

"제 피는 아닌 듯. 제 손가락은 멀쩡해요."

"아 그거, 제 피네요."

사람들이 이런 피비린내 나는 이야기를 온화한 표정으로 나눈다. 식겁해서 도망갈 뻔했다. 내가 쓴 기술이 잘 먹혔는지 확인하기 위해 상대에게 "지금 목 졸려요?" 혹은 "팔 잘 꺾였어요?" 하고 물어보기도 하는데, 듣고 있으면 '이 대화가 정상적인 것인가?' 하는 생각이 든다. 그렇게 처음엔 공포스럽지만 곧 적응이 된다.

이런 위험부담을 안고도 주짓수를 하는 이유 중 하나는 운동의 격렬함에서 오는 희열 때문이다. 성인이 되고 나서 누군가와 이렇게 엎치락뒤치락 할 일이 없었는데, 땀을 한 바가지 흘리며 에너지를 쓰니 개운한 맛이 있었다. 그리고 상대방의 움직임에 집중해서 '상대가 이렇게 움직이면 이 기술을 쓰고, 이런 포지션에서는 이렇게 대응해야지'라고 순간적으로 판단해 움직이는 것도 몰입감 있고 재미있다. 점점 내 의도대로 기술이 먹히고, 내 몸을 잘 움직일 수 있게 되는 감각도 좋았다.

주짓수의 재미를 알게 된 나는 거의 매일 도장에 나가면서, 스파링할 때 써먹을 수 있는 동작을 하나씩 배웠다. 하지만 동작이 어려워지면서 점점 따라가기가 버거워졌다.

"발을 상대방 골반에 얹고 아니 왼발, 왼발! 그리고 몸을 틀어서 나가세요. 그리고 무릎을 상대방 가슴에 대고 아니 그렇게 하시면 안 되죠. 아니… 아하 참….'

"죄송합니다…."

"아니에요. 원래 초보는 하기 어려운 동작이에요."

분명 관장님이 시범을 보여줄 때는 '아 저렇게 하면 되는구나, 좋아 완벽히 이해했어'라고 생각하는데 막상 하려면 아무 생각이 안 났다. 상대방의 멱살을 부여잡고 '멱살잡이 소년상'이라도 된 것처럼 그대로 굳어 버리는 것이 다반사였다. 관장님이 내 손을 이쪽저쪽으로 옮겨주며 알려줘야 겨우 익힐 수 있었다. 수업 횟수가 늘어날수록 다리에 멍은 꾸준히 느는데 실력은 제자리인 것 같았다.

내가 도장에서 가장 많이 하는 말은 "괜찮으세요?" 그리고 "죄송합니다"였다. 주짓수는 파트너와 함께하는 운동이기 때문에 내가 잘못하면 상대방이 아프거나 다칠 수 있다. 초보인 나는 동작 하나를 할 때마다 "아프세요? 괜찮으세요? 죄송합니다!"를 유행가 가사처럼 읊어댔다. 1절, 2절, 3절까지 하고 나면 자괴감에 빠진다. '운동을 하러 온 것인가, 민폐를 끼치러 온 것인가…'. 게다가 비슷한 시기에 시작한 다른 사람들이 "오, 금방 따라하시네요?"라는 이야기를 들을 때마다 나만 뒤떨어지는 것 같아 초조했다.

하루는 본가에 가느라 주짓수 수업을 빠지게 되었다.

배운 걸 까먹을까봐 초조해진 나는 아빠를 상대로 기술을 연습하기 시작했다.

"어이구 우리 딸이 초딩 때도 안 하던 짓을 하네. 이런 거는 나쁜 놈들한테 써야지 왜 아버지한테 써먹니. 아주 효녀야 효녀."

"아니 잠깐만… 이렇게 다리를 목에 걸고, 트라이앵글 초크를 하려면…."

"아프다~ 아빠 아프다~"

"아 이게 아닌데…."

바로 전 수업에서 배운 기술도 생각이 안 나자 짜증이 났다. 아빠가 고통받는 모습을 흐뭇하게 바라보던 엄마는 내게 말했다.

"왜 짜증이 났어?"

"잘 못하겠어서…."

"뭐 이런 것까지 잘하려고 해."

엄마의 말에 문득 그런 생각이 들었다. '음… 그러게. 난 뭐 이런 것까지 잘하려고 하지?' 잘하면 좋지만 사실 못해도 상관 없는 일이었다. 재미있자고 하는 건데 스트레스 받을 이유는 요만큼도 없었다. 나도 모르게 습관적으로 뭐든 잘해야 하고 못하면 의미가 없다고 여기고 있었다는 생각이 들었다. 한마디로 '잘하고 싶어 안달 병'에 걸린 것이다.

물론 나는 지금까지 이 병 덕분에 많은 일들을 잘 해낼 수 있었다. 하지만 한편으로는 강박을 느끼기도 했다. 모든 일을 잘해야 한다는 강박. 그래서 뭔가를 못하는 내 모습을 보기 힘들었다. 자꾸만 나를 의심했다. '나 지금 잘하고 있어? 못하는 것 같은데? 되지도 않는 거에 시간 낭비하는 거 아니야?'라는 의심이었다. 그리고 이 병은 잘 고쳐지지 않았다. 특히 회사에서 듣는 '잘 해낼 거라고 믿어' '성과 기대하고 있을게'라는 말은 내 병을 심화시켰다.

하지만 주짓수는 그럴 필요가 없다. 못한다고 상사가 혼내는 것도 아니고, 인사고과에 반영되는 것도 아니다. 즉, 못한다고 주눅 들 필요가 없다. 돈 벌러 나가서는 돈값을 해야 하지만 돈 내고 배우는 건 못해도 그만 아닌가. 나는 내가 못한다는 사실에 당당해지기로 했다. 비협조적인 몸뚱이 때

문에 괴로울 때면 '뭐 이런 것까지 잘하려고 해'라는 말을 떠
올렸다.

　잘해야 하는 게 너무 많은 와중에 잘하지 않아도 되는
일을 하나 끼워 넣으니 숨구멍이 생기는 기분이었다. 주짓
수는 못해도 즐거운 일로 남겨둬도 좋겠다는 생각이 들었
다. 그리고 또 누가 아나? 이런 마음으로 꾸준히 다니다 보
면 저절로 잘하게 될지도.

나의 경기도
해방일지

경기도와 서울을 오가며 겪는,
결코 아름답지 않은 여정

자취를 하게 된 배경을 설명할 때도 잠깐 언급했지만, 나의 본가는 경기도에 있다. 혹시 4호선의 종점인 오이도역을 들어보셨는지. 구글에 '서울 근교 여행지'를 검색하면 자주 뜨는 곳이다. 아마 오이도역에 실제로 가 보진 않았더라도 '오이도행' 열차를 타 본 적은 있을 것이다. 대부분의 사람들에겐 어딘가로 향하는 방향 정도인 오이도역이 내겐 약 6년 동안, 출발지이자 도착지였다. 오이도역과 서울을 오가는 나의 뜻밖의 여정은 대학생이 되면서 시작됐다. 대학교 동기들은 사는 곳이 어딘데 학교 오는 데 두 시간이나 걸리냐며 경악했다. 그리고 내가 사는 오이도역에 대해 묻기 시작했다.

"그럼 역에서 내리면 바다 보여?"

"아니, 바다는 버스 타고 좀 가야 보여."

"그럼 맨날 물놀이해?"

"아니 해수욕장 있는 그런 바다 아니야… 튜브 타고 노는 그런 데 아니야….”

"너 학교 올 때 바다 헤엄쳐서 오는 거 아니냐? ㅋㅋ.”

나는 하나도 웃기지 않지만 정색을 할 수는 없어서 'ㅎ… 웃기네…' 하는 고장난 미소를 짓곤 했다. 전국 각지에서 온 애들이 이렇게 많은데 왜 나만 미지의 땅에서 온 취급을 받아야 하는지 분했다. 게다가 나는 대학교 1학년 1학기에 뭣도 모르고 고등학생 때처럼 시간표를 1교시부터 차곡차곡 채운 덕분에 학기 내내 지옥을 맛봤다. 매일 새벽 6시에 일어나 지하철에 실려 9시에 강의실에 도착하면 난 이미 하루치 에너지를 다 쓴 상태였다. 수업 시간에도 정말 많이 졸았다. 얌전히 조는 것도 아니고 고개를 앞뒤 좌우로 흔들어 재끼며 졸아서 그 시절 내 별명은 '법학관 디스코팡팡'이었다.

별명 하니 생각나는 게 또 하나 있다. 경기도민으로 살면서 통금 시간까지 있으면 세상에서 가장 곤란해지는데,

그게 바로 나였다. 술자리에 낄 때도 팀 프로젝트를 할 때도
나는 곤란한 상황에 자주 처했다. 밤 10시면 술자리 분위기
는 무르익고, 팀 프로젝트도 한창 열을 올릴 때인데 그때쯤
이면 나는 집에 가야 했다. 친구들은 좀 더 남아 있으라고 핀
잔을 줬고, 반대로 부모님은 빨리 오라고 성화였다. 날 두고
양쪽에서 팽팽히 잡아당기는 느낌이었다. 나는 부모님 말씀
을 거스를 패기가 없었기 때문에 10시만 되면 쭈뼛거리며
자리를 떴다. 덕분에 '십(10)데렐라'라는 별명을 얻었다. 그
별명은 '아직도 부모님이 하라는 대로 하는 애송이' 정도로
들렸다. 지금 생각하면 크게 틀린 말은 아니지만 스무 살에
겐 대단한 불명예였다.

　　그런 수모를 당하고 집에 와도 "어이구 집에 일찍 오느
라 수고했다"는 말을 들을 리 없었다. "너는 꼭 그렇게 12시
를 꽉 채워 들어와야 하니?" "일찍일찍 좀 다닐 수 없니?"라
는 말이 뒤통수에 따라붙었다. 그런 날이면 본가가 아예 서
울과 먼 지방에 있는 친구들이 부러웠다. '왜 우리 집은 서울
이랑 먼 듯 가까운 듯한 애매한 거리에 있는가! 아예 멀면
학교 근처에 자취라도 할 텐데 도대체 왜!'라는 생각이 들
고 설움이 복받쳐 올랐다. 그럴 때면 나는 방문을 쾅 열고 거

실로 나가 "나는 뭐 하루에 네 시간씩 지하철 타고 왔다갔다 하는 게 쉬운 줄 알아? 내 20대가 지하철에서 다 가고 있다고! 학교 도착하면 벌써 녹초야. 수업도 귀에 제대로 안 들어와. 학교 끝나고 집에 오면 해가 다 져 있고. 그렇다고 집에 와서 별거 할 수 있나? 그냥 씻고 자는 거지. 지금 내 인생이 그렇게 가고 있다고! 그럼 늦게 들어와도 좀 이해해주면 안 돼? 내가 기계야? 어? 지하철 타고 경기도랑 서울 왔다갔다 하는 기계냐고!"라고 쏘아붙이는 상상을 한다. 하지만 정신차려 보면 방 안에서 두 주먹을 불끈 쥐고 씩씩거리고 있다. 현실에선 찍 소리도 못하는 어쩔 수 없는 인간인 것이다.

이렇게 억울함에 가득 찬 상태로 1~2년을 보내면서 체념하는 구간에 들어섰다. 늦게 끝날 것 같은 일이나 모임에는 아예 안 끼게 되고, 친구들은 내가 일찍 가는 것에 익숙해졌다. 부모님의 일찍 들어오라는 말에는 건성으로 대답했다. 좀 늦은 날엔 "아유, 어쩌다보니 늦었슴돠" 하고 능구렁이처럼 방으로 들어갔다. 지하철에서 보내는 시간에도 익숙해졌다. 잠을 자거나 책을 읽으며 나름대로 시간을 보냈다. 그렇게 상황에 적응했다.

대학을 졸업한 뒤에는 혜화역에 있는 회사에서 인턴을 했다. 혜화역은 오이도역과 같은 4호선에 있다. 하지만 거의 끝과 끝에 있어서 출근하려면 4호선 구간의 2/3 가량을 이동해야 했다. 좋은 점이라면 갈아탈 일이 없어서 두 시간 내리 잘 수 있다는 것이다. 나는 지금도 차든 지하철이든 탈 것에 몸을 실으면 순식간에 잠드는데 아무래도 인턴 때 지하철에서 늘 자던 게 버릇이 된 것 같다.

대학이나 회사를 서울로 다니다 보면 무슨 일이든 서울을 중심으로 돌아간다는 것을 느낀다. 만나는 장소가 서울로 잡히는 건 당연하고, 막차 시간을 고려하지 않고 약속 시간이 정해지는 경우도 많다. 서울 거주자들은 늦으면 택시를 타고 집에 가면 되니 언제 파하든 상관이 없다. 하지만 경기도민은 막차를 놓치면 치명적이다. 그 택시비를 내느니 차라리 근처 모텔에서 자는 게 더 싸다. 그래서 저녁 늦게 모이면 난 얼마 있지 못하고 금방 일어나야 했다. 하지만 그렇다고 해서 내 상황에 대해 공감을 구하기도 어렵고, 나를 위해 더 이른 시간에 보자고 하기는 더 어려웠다.

약속을 한 시간 전에 취소하는 것은 경기도민의 분노 버튼 중 하나다. 한 시간 전이면 경기도민은 씻고 화장하고 준비를 마쳤음은 물론이고 이미 출발해서 약속 장소로 가고 있을 수도 있다. 그렇게 억울하면 경기도민끼리 만나면 되지 않냐고 할 수도 있지만, 경기도라도 다 같은 경기도가 아니다. 만약 세 명의 경기도민이 각각 시흥, 성남, 고양에 산다면 그들은 절대 경기도 어딘가에서 만날 수 없다. 구글맵을 열어 세 지역의 위치를 확인해본다면 아마 누구든 끄덕끄덕할 것이다.

이런 울분의 세월을 지나, 지금 나는 서울에서 자취를 한다. 하지만 그간 들여 놓은 습관은 쉽게 바뀌지 않았다. 예컨대, 밤 10시만 되면 기가 막히게 피곤하다. 게다가 왠지 초조해지고 집에 가야 할 것 같은 느낌이 들어 자꾸 시계를 보게 된다. 어느 정도인가 하면 친구들이 나를 보고 시간을 짐작할 정도다.

"빵떡아 피곤하니? 쌍꺼풀이 다섯 겹인데?"

"음… 좀 졸리네."

"그럼 지금 10시쯤 됐나보다. (시간 확인) 이야 기가 막히게 10시네."

그렇게 나는 경기도민만의 어떤 특성을 체화해버렸다. 경기도와 서울, 그 가깝고도 먼 거리는 20대 전반에 걸쳐 나를 은은하고도 확실하게 괴롭혔다. 그 거리는 손끝에 살짝 박힌 가시 같은, 신발 속에 들어간 작은 모래알 같은, 귓전에 울리는 모기의 앵앵거림 같은 괴로움이었다. 엄청나게 고통스럽다고 하기엔 엄살 같이 느껴지지만 결코 무시할 만한 존재감은 아니었다. 나는 이런 류의 괴로움을 어떻게 다뤄야할지 몰라 그냥 마음에 담아두었다. 그랬더니 괴로움은 날아가지 않고 먼지처럼 자꾸 쌓였다.

그렇게 별것 아닌 게 차곡차곡 쌓이면 결국 별게 된다. 그래서 경기도민의 애환은 '통근 시간이 오래 걸린다'라고 단순히 일축하기 어렵다. 감히 말하건대 서울 중심화라는 시대적 배경이 만들어낸 현대인의 새로운 한의 정서다. 그러니 다시는 경기도민의 한을 놀림거리로 삼지 말지어다….

무슨 죄를 지었길래 지옥철을 타나요

**'이번 열차는 지옥, 지옥행 열차입니다.
내리실 문은 없습니다'**

짧고 편안한 통근을 위해 서울로 왔지만, 알다시피 서울에서의 통근도 그리 편안한 것만은 아니다. 출퇴근용 차가 없는 서울시민들은 전생에 무슨 죄를 지었는지 살아서도 지옥철을 타야 한다. 지옥철의 명성은 이미 너무 유명하다. 미슐랭 식당에 줄을 서는 게 당연하고, 유명 디자이너의 옷이 비싼 게 당연한 것처럼. 하지만 지옥철의 끝에는 미슐랭 식당도 유명 디자이너의 옷도 아닌 회사가 있다는 게 가장 큰 문제다. 고생을 위해 고생을 해야 하다니, 아이러니가 아닐 수 없다.

    나는 남가좌동에서 버스를 타고 홍대입구역에 내려 2호

선을 탄다. 홍대입구역으로 향하는 사람들이 많기 때문에
버스 타는 것부터가 고난의 시작이다. 지옥철을 타려면 지
옥 버스를 거쳐야 하는 것이다. 홍대입구역행 버스 7734번
과 7612번은 항상 붐빈다. 두 버스는 1~2분 간격으로 자주
붙어다니기 때문에 나는 조금이라도 덜 붐비는, 뒤에 오는
버스를 탄다. 앞 차가 사람들을 많이 쓸어 담아가기 때문에
그나마 여유롭게 갈 수 있다.

홍대입구역에서 내려 2호선을 타기 전에는 마음의 준
비가 필요하다. 일단 내 육신을 스스로 컨트롤할 수 있다는
생각을 내려놓아야 한다. 인간의 존엄성도 한 스푼 내려놓
으면 더 좋다. 출근길의 지하철은 운송 수단이라는 느낌보
다 인간을 진공 포장해 이동시키는 컨베이어의 느낌이 강하
기 때문이다. 또한 지하철 출입문 쪽은 사람들이 밀고 들어
오기 때문에 인구 밀도가 최고로 높다. 종종 "어우 밀지마세
요!" 하는 고성이 들린다. 그래서 나는 지하철에 타면 잽싸
게 안쪽으로 들어간다.

지하철이 신도림역, 사당역, 교대역, 강남역, 삼성역 등
에 멈출 때마다 직장인들은 한 손에는 핸드폰을 들고 고개
를 숙인 채 지하철에서 빠져나와 계단으로 몰려든다. 이어

폰에서 흘러나오는 노래 소리나 화면 속 예능에 의지해 병목 현상을 인내한다. 계단을 올라가는 광경은 과히 행렬이라고 부를 만하다. 겨울철에는 전부 까만 롱패딩을 입기 때문에 마치 개미들의 행렬을 보는 것 같다. 한바탕 전쟁 같은 출근길을 거친 직장인들은 업무를 시작하기도 전에 푸석하고 침울해진다. 그래도 너무 걱정하진 마시라. 회사에 도착하자마자 카페인을 주입하면 되니까.

예전엔 거의 모든 회사가 9시 출근이었지만, 지금은 8~11시 사이에 자율 출근을 하는 회사가 많아졌다. '덕분에 지옥철도 많이 나아졌다'고 말하고 싶다. 실제로는 사람이 붐비는 시간대만 더 길어졌다. 더 넓게 분포시키면 밀도는 낮아져야 하는데 그렇지 않으니 참 신기한 일이다. 역시 지옥에는 과학이 통하지 않는다.

　퇴근 시간, 지하철 역사 안이 가장 붐비는 시간대는 6시다. 종종 여름에 정시 퇴근을 하면 워터밤 페스티벌에 온 듯 푹 절은 인파를 볼 수 있다. 배추로 치면 바로 김장해도 될 만큼 잘 절어 있다. 만일 x축에 시간, y축에 이용객 수를 넣고 시간대별 지하철 인구 밀도 그래프를 그린다면, U자형

그래프가 그려질 것이다. 6시에 사람들이 몰렸다가 점점 줄어들고, 막차 시간대가 가까워지면 다시 사람이 많아지기 때문이다. 간단히 말해서 그나마 사람이 적은 시간대는 8~9시라는 이야기다. 그래서 나는 가능하면 8시 좀 넘어서 퇴근한다. 일이 남았어도 집에 가서 마저 하는 편을 택한다 (물론 집에 가면 '회사에서 하고 올 걸' 하고 생각하지만). 10~11시까지 야근하고 취객들과 함께 빡빡한 지하철을 타면 인생이 다 싫어진다.

그 밖에도 지옥철 이용객이 취해야 할 기본 자세가 있다. 핸드폰을 쥐고 눈앞에 든 채 타야 한다. 핸드폰을 주머니나 가방에 넣고 지하철을 타면 사람이 너무 많아서 가는 내내 핸드폰을 꺼낼 수 없다. 그렇게 되면 열차 내 게시판에 붙은 에듀윌 광고를 50번 정도 보며 시간의 흐름을 고통스럽게 체감해야 한다. 그리고 되도록이면 유선 이어폰보다는 무선 이어폰을 써야 한다. 급하게 내리다가 이어폰 줄이 다른 사람에게 걸려 허둥지둥할 수 있기 때문이다. 그걸 어떻게 아느냐고 묻는다면… 나도 별로 알고 싶지 않았다.

　보통은 타고 내리는 사람이 많은 구간이 더 힘들다고들

생각한다. 하지만 오히려 더 수월하다. 인파의 흐름에 몸을 맡기면 앞뒤 사람에 밀려 우르르 타고 우르르 내릴 수 있기 때문이다. 거대한 산업 혁명의 흐름처럼 개개인은 거역할 수도 막아설 수도 없다.

정작 난감한 상황은 타고 내리는 사람이 적은 역에서 발생한다. 나는 지하철 칸 안쪽에 있는데 열차 안에 사람들은 빽빽히 서 있고, 내려야 할 역이 다가온다면? 거친 생각과 불안한 눈빛이 휘몰아치기 시작한다. 백팩을 품에 안고 "내릴게요…"를 서른 번쯤 반복하며 비집고 나가야 한다. 이때도 치트키는 있다. 큰 목소리다.

내가 큰 목소리를 부러워하는 세 가지 상황이 있다. 첫 번째, 벨 없는 식당에서 주문할 때. 두 번째, 버스에서 기사님이 뒷문 안 열어 주실 때. 그리고 세 번째, 사람 많은 지하철에서 내릴 때. 목소리 큰 사람은 "내릴게요~" 한 번이면 문 앞에 있는 사람까지 다 듣게 할 수 있다. 그러면 다른 승객들이 슬금슬금 움직여 길을 터준다. 그 장면은 마치 뮤지컬 같아서 갑자기 승객들이 손가락을 튕기며 "둠바~ 둠바~ 오~ 그 신사가 내린다네~" 하며 춤이라도 출 것 같다.

지하철에 사람이 빽빽한데 타는 사람은 나 하나뿐이라

면 빛보다 빠르게 포기한다. 탈 생각도 안 하고 다음 차를 기다린다. 하지만 창조 경제의 나라답게 '창조 자리'를 하시는 분들도 있다. 키 큰 남성분들이 자주 쓰는 방법인데, 일단 지하철 문 끄트머리에 발을 올려 어떻게든 탑승한다. 그리고 몸을 돌려 문 위를 손으로 짚는다.

손바닥으로 문 위를 밀면서 동시에 엉덩이를 쑥 내밀어 공간을 확보한다. 엉덩이에 밀린 사람들은 각종 비언어적 표현을 동원해 짜증을 표출하지만 그런 건 신경쓰지 않는 게 프로라고 할 수 있다. 그 일련의 과정이 매우 스무스하고 효율적이어서 학원에서 배웠나 싶을 정도다.

이러한 역경을 거쳐야 귀가할 수 있다. 이정도면 귀가했다는 표현보다 살아 돌아왔다고 해야 하지 않을까. 나는 현관문을 열고 집에 들어서면 신발만 겨우 벗고 "느어억"하며 바닥에 쓰러진다. 그리고 10분 정도 있어야 옷을 갈아 입고 씻을 에너지가 생긴다.

인터넷 밈 중에 '만화에서 늘 어린이들이 세상을 구하는 이유는 성인은 낡고 지쳤기 때문이다'라는 글이 있다. 그들은 요술봉을 휘두르기 보단 그걸로 안마할 것 같다고…

맞는 말이다. 성인은 시급을 더 쳐주지 않는다면 오밤중에 정의의 이름으로 널 용서하지 않는 짓은 하지 않는다. 이 만성피로의 8할은 지옥철 때문일 것이다. 나는 방바닥에 눌어붙어 생각했다. '서울의 교통에는 희망이 없어…'.

지옥철이 지옥인 가장 큰 이유는 '무엇을 위해 이 고생을 하지?'라는 생각이 자꾸 들기 때문이다. 고생에는 합당한 명분이 있어야 하는데, 아무리 생각해도 아침마다 지옥을 겪는 이유가 그저 회사에 가기 위함이라면, 명분이 그것 뿐이라고 생각하면 힘이 빠지는 것이다. 직주 근접 혹은 재택근무가 시급하다. 지금은 전세값은 전세값대로 내고 교통비는 교통비대로 내고 고통은 고통대로 받고 있다.

아빠가 본인의 학창시절을 이야기할 때면 늘 "라떼는 세 시간씩 걸어서 흙산 넘어 학교가고 그랬어"라고 하는데, 지금의 지옥철도 언젠가는 라떼의 이야기가 되면 좋겠다. 기쁜 마음으로 내 자식에게 말해줄텐데. '너네는 맨날 집에서 일하지? 라떼는 말이다… 남의 겨드랑이에 기대서 출근하고 그랬어…'라고.

동거

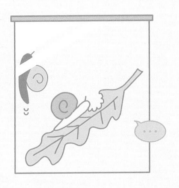

나의
반려 달팽이

**너는 태어날 때부터
집수저라 좋겠다**

반려동물과 함께 살아가는 사람들은 점점 늘고 있다. 경험
상 세 명이 모이면 그중 한 명은 고양이나 강아지와 함께 사
는 것 같다. 누군가 "저 고양이 길러요"라고 하면 사람들의
관심은 즉각 그리로 쏠린다. 집사는 뿌듯해하며 고양이 사
진을 과장을 좀 보태서 한 3천 장 정도 보여준다. 자세만 약
간 다를 뿐 거의 같은 사진이지만 사람들은 "어머 귀엽다, 세
상에!" 하며 홀린듯 남의 집 고양이를 구경한다. 하지만 나
는 뿌듯해하는 집사가 가소롭다. 내가 입을 열면 사람들의
관심을 단번에 돌릴 수 있기 때문이다.

"아 저는… 달팽이를 키웁니다."

곧 집사에게 쏠리던 관심과는 약간 결이 다른 관심이 내게 쏟아진다. 그리고 '달팽이를 왜 기르지?' 하는 느낌의 호기심 가득한 질문들이 던져진다. 이때부터 나는 내 반려동물의 신상 정보를 소개하는 시간을 가져야 한다.

"몇 마리나 기르세요?"

"두 마리요."

"아아… 작고 귀여운 매력이 있겠네, 그죠?"

"생각하시는 것만큼 작진 않고요, 제 손바닥만합니다."

"네? 손바닥이요? 달팽이가 손바닥만해요…?"

"네. 비올 때 길에서 흔히 보는 달팽이랑은 종이 달라요. 개네는 명주달팽이인데, 다 커도 크기가 손톱만해요. 반려 달팽이는 식용 달팽이랑 종이 같고, 개네는 13센티까지 큽니다. 아! 귀여운 매력이 있는 건 맞습니다."

처음 달팽이들을 데려올 때만 해도 손가락 두 마디 정도의 크기였다. 그래서 작고 동그란 통에 넣고 함께 키울 수 있었다. 사실 나도 달팽이에 대한 지식이 전무한 상태에서 데려온 것이라 성체가 되어도 그 정도 크기인 줄 알았다. 하지만 달팽이들은 자고 일어나면 조금 커져 있고, 자고 일어나면 또 조금 더 커져 있었다. 얼마 있다가는 엄청나게 커져서 내가 퇴근하면 의자에 앉아 "어이~ 주인 양반 이제 오쇼?"라고 할 것만 같았다. 지금은 두 마리 다 자라서 어항과 비슷한 형태의 집을 하나씩 차지하고 있다.

　이런 이야기를 해주면 사람들은 반려동물에 대한 애정 어린 호기심보다는, 자연과학에 대한 탐구적 호기심을 갖고 내 이야기에 몰입한다. 이 타이밍에 내가 달팽이 사진을 보여주면 사람들은 솔직히 조금 징그럽지만 차마 달팽이 주인 앞이라 티는 못 내고 "오… 어어… 신기하다…" 하는 애매한 반응을 보인다. 분위기 전환을 위해 "이름은 말랑이랑 쫀득입니다"라고 해도 "아 예에…" 하는 반응만 돌아오기 때문에 눈치 없는 인간이 되고 싶지 않다면 그쯤에서 달팽이 이야기는 접어야 한다.

　반려동물로 달팽이를 기르는 사람은 드물다. 그래서인지 '달팽이'를 검색하면 연관 검색어에 '주름 개선에 좋은 달팽이 크림'과 '프랑스 달팽이 요리'가 뜬다. 달팽이에게 주려고 '달팽이 영양제'를 검색해도 달팽이로 만든 영양제밖에 뜨지 않아 죄 많은 인간으로서 미안해지곤 한다. 내 생각엔 이게 다, 사람들이 반려 달팽이의 매력을 모르기 때문인 것 같다. 이 기회에 잠시 달팽이의 매력 어필 시간을 가져보겠다.

일단 달팽이는 마음에 안정을 준다. 달팽이는 모든 일을 느긋하고 꾸준히 처리한다. 밥 먹을 때도, 집의 이 끝에서 저 끝으로 갈 때도, 흙 사이를 파고들 때도. 가만히 있는 듯 보이지만 제 할 일을 다 하고 있다. 그런 달팽이를 보면 왠지 마음이 편안해진다. 조급해하는 날 보면 달팽이가 "꾸준히 너만의 속도로 가!"라고 외칠 것만 같다.

달팽이는 오이나 애호박, 상추 등을 먹는다. 달팽이들이 식사할 때 가까이 다가가 귀를 기울이면 달팽이가 상추 뜯는 소리를 들을 수 있다. 힐링 ASMR이 따로 없다. 아! 참고로 달팽이는 1만~2만 5천 개의 이빨을 갖고 있다. 반전 매력이 있는 신비한 동물이다.

무엇보다 달팽이는 귀엽다. 달팽이 하면 늘 패각을 등에 얹은 옆모습만 봐 왔겠지만 정면도 굉장히 귀엽다. 쭉 뻗은 더듬이와 'ㅅ'자 모양의 입이 토끼의 얼굴을 연상케 한다. 밥을 먹을 때 맛이 있으면 더듬이를 쑤욱 내리는데 고것도 참 귀엽다. 입이 고급이라 채소의 연한 부분만 먹고 딱딱한 껍질 부분은 먹지 않는다. 그래서 달팽이가 먹고 간 자리에는 속만 파먹은 오이 껍질이 동그랗게 남아있다. 참 얌생이 같은 생물이다.

느린 움직임 때문인지 달팽이를 무기력한 동물로 생각하는 사람들도 있는데, 사실은 전혀 그렇지 않다. 달팽이들은 컨디션이 좋으면 자기 집의 벽과 뚜껑에 달라 붙어 뿔뿔뿔 기어다닌다. 그 큰 패각을 등에 지고도 거꾸로 매달려 있다니, 대단히 활력이 넘친다. 유리 벽을 밀면서 힘차게 앞으로 나아가느라 뽀득뽀득 소리도 난다.

어느 날에는 달팽이 밥을 주려고 하다가 말랑이 집 뚜껑이 열려 있는 것을 발견했다. 통 안을 들여다 보니 말랑이가 없었다. 자세히 보니 집 주변에 흙이 말라 붙은 자국이 있었다. 흙자국은 벽과 책장으로 이어졌다. 흔적을 쫓아 책장 두 번째 칸에서 말랑이를 검거(?)할 수 있었다. 알고 보니 말랑이가 헐겁게 닫힌 뚜껑을 열고 탈출한 것이었는데, 다행인 섬은 달팽이는 밤새 도망쳐도 멀리 못 간다는 것이다. 말랑이는 멀리는 못 갔지만 벽지와 종이 액자를 야무지게 뜯어먹어 놨다. 왜 입 앞에 대령해주는 신선한 채소를 안 먹고 종이를 먹었을까. 학창시절, 학생들이 먹으라는 급식은 안 먹고 매점 가서 빵 사먹는 심리와 비슷한 걸까. 말랑이는 베이지색 벽지를 먹은 탓인지 몸통이 노르스름해져 있었다. 입에 물고 있는 종이 쪼가리는 빼도 박도 못할 증거였다. 나와 석구는 둥글게 파먹힌 벽지를 보며 한탄했다.

"벽지를 파먹으면 어떡하냐, 말랑아."

"이렇게 세입자의 마음을 몰라주나."

"본인은 자가라는 거지."

"태어날 때부터 등 위에 집 얹고 태어났다 이거지."

"그래, 집수저라 좋겠다."

나는 집주인 아주머니에게 달팽이가 벽지를 뜯어먹었다고 설명할 걸 생각하니 망연해졌다. 내친 김에 달팽이들과 관련된 이야기를 하나 더 이야기해보겠다.

내가 달팽이를 기른지도 이제 4년 정도 되어간다. 달팽이의 수명은 평균 3~4년이어서 우리 달팽이들은 장수하는 편이다. 그런데 지난 겨울, 말랑이와 쫀득이가 흙 속에서 며칠 동안 나오지 않았다. 통 안에 넣어 준 애호박도 그대로였다. 나와 석구는 불안한 마음에 흙 속에서 말랑이와 쫀득이를 꺼내봤다. 그런데 패각 입구가 불투명하고 단단한 뭔가로 막혀 있었다. 처음 보는 광경이어서 나와 석구는 이게 뭐지, 애들이 왜 이러지 했다. 한참만에 '아, 죽었구나…'라는 결론에 도달했다. 사실 달팽이 수명을 생각하면 이상한 일은 아니었다. 우리의 기분은 급격히 우울해졌다. 그동안 신경 못 써준 것 같아 미안하고, 귀찮아서 계란 껍질을 잘 안 준 게(달팽이는 계란 껍질을 먹으면 패각이 튼튼해진다) 마음에 걸렸다. 나와 석구는 말랑이와 쫀득이의 생전의 모습을 담은 사진을 보며 마음을 달랬다.

"에휴, 우리 말랑이랑 쫀득이…."

"…가 죽지 않고 기어다니고 있는데?"

"…뭐여."

"안 죽었네? 살아있네?"

"어, 정말이네!"

달팽이들이 아무 일도 없었다는 듯 방바닥을 활보하고 있었다. 우리는 상당히 머쓱해졌다. 알고 보니 달팽이들은 겨울에 마치 동면에 드는 것처럼 패각 입구를 막고 그 안에 쏙 들어가 있는다고 한다. 지난 3년간 안 그러다가 갑자기 왜 동면에 드는 건데… 깜짝 놀랐잖아…. 우리는 달팽이들에게 온욕(따뜻한 물에 살짝 담궈주면 달팽이들의 스트레스가 풀린다)을 시켜주고 다시 집에 고이 넣어주었다.

이런저런 달팽이의 매력에 대해 이야기했지만, 내가 생각하는 달팽이의 가장 큰 매력은 독립적으로 생활하면서도 느슨한 교감이 가능한 생물이라는 점이다. 달팽이는 시시때때로 케어해줄 필요가 없다. 하루나 이틀에 한 번 밥을 주고, 한 달에 한 번 흙을 갈아주면 된다. 달팽이는 주인의 관심과 사랑을 바라기보다 주로 자신만의 공간에서 꼬물거리며 밥을 먹거나 패각 안으로 파고든다. 아주 독립적인 생명체. 그렇지만 달팽이와 같은 공간에 있는 것만으로도 온기와 안정감이 느껴진다. 그 느낌이 좋다.

　가끔 정말 달팽이와 마음이 통하는 것 같을 때가 있다. 내가 거실에서 춤을 추거나 운동을 하면 달팽이도 유리 벽에 붙어 몸통을 왔다갔다 할 때가 있다. 감격해서 지인들에게 '달팽이랑 춤 춘 썰 푼다.ssul'는 카톡을 보내도 아무도 믿어주지 않아 서럽다. 아무튼 춤까진 아니더라도 고개를 돌리면 말랑하고 쫀득한 생명체들을 볼 수 있다. 얘들이 꼬물거리는 모습을 보며 '달멍(달팽이 보며 멍때리기)'을 하면 왠지 마음이 편안해진다. 나처럼 에너지를 많이 소모하고 싶지는 않고, 그렇다고 외롭고 싶지도 않은 사람에게 반려 달팽이를 적극 추천한다.

개인주의자의 방

**개인주의자이면서
공동체일 수 있는 이유**

자취하고 좋은 점 중 하나는 각자의 방이 생긴 것이다. 본가에 살 때는 방이 부족해서 나와 석구가 함께 방을 썼다. 그러다 26년 만에 처음으로 따로 방을 쓰게 되었다. 이 집에 들어올 때 석구는 화장실 옆 작은 방을 쓰겠다고 했다. 큰 방을 나보고 쓰라는 것이다. 큰 방이라고 해봤자 행거가 하나 더 들어갈까 싶은 크기지만, 아무튼 집에서는 가장 큰 방이었다. 어차피 내가 갖은 생떼를 써서 큰 방을 차지할 것이란 걸 석구는 오랜 동생 생활로 깨달은 것일까. 피차 힘 빼느니 먼저 양보하는 그림이 아름답겠다고 생각한 것일까. 뭐 아무튼 내겐 이득이라 더 묻지 않고 큰 방을 썼다.

석구 본인은 진심으로 작은 방이 좋다고 했다. 아지트 같이 아늑한 느낌이 든다나. 석구의 방 한 면은 침대로 꽉 찬다. 오크색 침대 위에는 남색 이불이 덮여있다. 침대 아래쪽(머리 두는 곳 반대 방향) 공간에는 다른 계절 이불과 옷 등을 넣은 박스를 쌓아두었다. 침대 옆엔 핸드폰 충전기와 아이코스 등을 놓는 작은 탁자가 있다. 침대 맞은편에는 회색 옷장이 있고 그 옆엔 행거가 있다.

　큰 특징이 없는 것 같지만, 실제로 보면 '오…!' 하고 놀랄 것이다. 침대 머리맡과 행거 위, 탁자 등에 플레이모빌이 줄줄이 있기 때문이다. 플레이모빌은 약간 큰 레고 같은 미니 피규어다. 거실에도 있고 본가에는 더 많다. 한정판이거나 본인이 아끼는 플레이모빌은 상자도 뜯지 않은 채 고이 모시고 있다. 그 밖에도 석구는 작고 귀여운 것을 사랑한다. 거구인 그가 넓적한 등을 구부정하게 접어 플레이모빌을 조립하는 모습은 흡사 발톱 깎는 곰 같다. 그가 얼마나 섬세하고 아기자기한 인간인지는 그 등만 봐도 알 수 있다.

　종종 석구는 양손 한가득 플레이모빌을 사 들고 귀가하는데, 그걸 보면 '저것도 엄연한 취미생활'이라는 생각과 '저 자식이 둘 데도 없는 거 또 사 왔네'라는 생각이 교차한다.

이런 내 생각과는 상관없이 석구는 방 안에서 플레이모빌로 본인이 원하는 세상을 만든다. 아이스크림 아저씨 옆에 잠수부를 놓고 그 옆에 케밥 아저씨를 놓고 그 옆에 신문 배달 소년을 놓는다. 말 그대로 좋아하는 것들로 채운 세상이다. 그렇게 완성된 방은 누가 봐도 석구의 방이다. 석구의 방에 그가 좋아하지 않는 건 없다. 석구는 자신의 취향과 정성이 들어간 방을 굉장히 뿌듯해한다.

'방'에 대한 나와 석구의 생각은 서로 다르다. 나도 내 방을 좋아하지만, 이것저것 가득 들여놓아서라기보다 온전히 혼자 있을 수 있는 공간이라서 좋다. 내 방은 동향으로 큰 창이 나 있고, 창에는 엄마가 직접 떠 준 커튼이 걸려있다. 창 아래 침대가 있고 침대는 분홍색 극세사 이불로 덮여있다. 머리맡에는 무드등이 있는데 잠들기 전까지 켜놓는다. 침대 맞은편에는 옷장과 화장대가 있다. 이 방에 있을 때 나는 주로 침대에 엎드려서 유튜브를 보거나 일기를 쓴다.

내 방(나만의 공간)이 있다는 것은, 일기를 쓸 때 누군가 "뭐해?" 하며 불쑥 나타날 일이 없다는 뜻이다. 본가에 있을 때는 글을 쓸 때마다 늘 약간 신경이 곤두서 있었다. 하지만 자취를 하고 나서부터 나는 내 방에서 생각에 충분히 몰입하며 글을 쓸 수 있게 됐다. 방에서 원하는 만큼 찌질하게 울기도 하고, 한밤중에 뭔가가 생각나면 불을 켜고 끄적이기도 한다. 내게 방은 나 혼자 알고 싶은 생각이나 감정을 남의 눈치 보지 않고 배양하는 곳이다. 내 방문과 옷장에는 내 사진, 내가 그린 그림, 좋아하는 글귀를 적은 종이 등이 붙어 있다. 방안에서 뭔가를 읽고 쓰고 만들고 그것들로 내 방을 꾸민다.

한편 석구에게 방은 회복하는 공간이다. 바깥과 단절되어 자신이 좋아하는 것들에 둘러싸여 에너지를 회복한다. 회복이라고 해 봤자 넷플릭스 틀어 놓고 맥주 마시면서 플레이모빌 조립하는 게 다지만, 그런 시간과 공간이 석구에겐 꼭 필요하다. 석구는 어릴 때부터 축구나 농구처럼 팀으로 하는 운동은 잘 못했다. 대신 혼자 하는 달리기나 턱걸이는 잘했다. 게임도 팀으로 하는 롤(LOL) 같은 건 잘 못한다. 대신 혼자 탐험하거나 뭔가를 키우는 게임은 잘한다. 그는 지극히 개인적인 사람인 것이다.

하지만 우리나라에서 개인으로 사는 것은 쉬운 일이 아니다. 학창시절부터 단체 생활을 시작해 회사에 들어가 복

불복으로 정해지는 팀원들과 끝나지 않는 팀 프로젝트를 해야 하기 때문이다. 개인주의자는 언제나 군중 속에서 고독하다.

　"아니 왜 화요일마다 다른 직급 사람들이랑 밥을 먹어야 되냐고, 응?"

　"가족 같이 지내자는 따뜻한 사훈이라도 있나보지."

　"참나, 그리고 '부서장님과의 저녁식사 강요는 아님~ ^^' 이라고 하면 누가 '아 그럼 저는 걍 집에 가겠슴다' 하냐고. 그리고 저녁식사를 왜 새벽 두 시까지 해? 그러고 다음 날에 또 술 먹자고 하는 건 뭐야. 전부 역류성 식도염에 걸리려고 기를 쓰지…."

석구는 단체 생활의 어려움을 자주 토로한다. 퇴근 후 집에 오면 하루 종일 공동체 속에 있느라 쌓였던 지랄 보따리를 터트린다. 그는 본능적으로 모든 얘길 웃기게 하기 때문에 나는 슬퍼하기도 하고 웃겨하기도 하면서 듣는다. 석구는 다 쏟아내고 조금 후련해지면 방에 들어가 회복의 시간을 갖는다. 방이 없었다면 석구는 지금보다 좀 더 성격이 나쁘고 욕을 많이 하는 사람이 됐을 것이다.

석구뿐 아니라 모든 사람이 정도는 다르지만 조금씩 개
인주의자의 성향을 가지고 있다고 생각한다. 그래서 모두
각자에게 맞는 방이 필요하다. 방 밖에서 스스로를 소진한
다면, 방 안에선 스스로를 만들어낸다. 내가 좋아하는 것에
집중할 수 있는 공간은 스스로에게 도움이 된다. 최애의 굿
즈로 가득한 방, 좋아하는 영화 포스터로 채워진 방, 서재처
럼 꾸민 방. 이런 공간이 있다는 것만으로도 마음이 든든해
진다.

이런 공간이 꼭 방의 형태가 아니어도 된다고 생각한
다. 예를 들어 작은 노트를 방으로 삼을 수도 있다. 나는 내
방이 없을 때 노트에 글을 썼다. 글은 신기해서 어떤 일이 있
을 때 '이런 일이 있었다'고 쓰고, 어떤 감정을 느꼈을 때 '이
렇게 느꼈다'고 쓰는 것만으로도 마음이 조금 괜찮아진다.
그렇게 쓴 글만큼 내가 형성된다고 느꼈다.

오늘도 석구와 나는 퇴근 후에 각자의 '방'으로 들어간다. 그
곳에서 내일의 퇴사를 막을 만한 에너지를 채운다. 나와 석
구는 이 집에서 함께 생활하면서, 동시에 서로가 개인 시간

을 갖도록 배려한다. 왜냐하면 한 명이 빠쳐서 퇴사를 하면 남은 한 명이 굉장히 고달파지기 때문이다. 공동체이면서 개인일 수 있는 이 공간이 나는 마음에 든다.

우리 집의
규칙

**우리 집에서는
우리 집의 규칙을 따르라**

본가에 갈 때마다 부모님이 하시는 말씀이 있다. "얼굴이 어째 더 못 쓰게 됐냐?" 벌써 나와서 산 지 1년이 넘었는데… 엄마, 아빠 말대로라면 얼굴이 매주 못 쓰게 되어 지금쯤이면 형체를 알아볼 수 없어야 한다. 나는 엄마, 아빠에게 그런 말을 들을 때마다 "애초에 어디 쓸 얼굴은 아니었어…" 하고 말끝을 흐린다. 그러거나 말거나 부모님은 자기 자식 한정 '저번 주보다 더 말라 보이는 착시현상'을 평생토록 경험하고 계신다.

실제로 나는 자취하기 전보다 5킬로가 더 쪘다. 그도 그 럴 것이 본가에 올 때마다 엄마가 바리바리 싸 주는 반찬만

다 먹어도 삼시 네끼가 부족한데, 거기다 배달 음식까지 야무지게 시켜 먹으니… 내 얼굴은 번들번들 광이 날 지경이다. 그래도 엄마, 아빠의 걱정은 할머니에 비하면 약과다. 할머니는 나를 보는 순간부터 그 연세에도(올해로 95세시다) 고함치기 시작하신다.

"야는 피죽도 못 얻어 먹고 댕기니? 저녁에 닭이라도 삶아서 맥여라. 저거 손모가지 얇아서 어따 쓰니. 뭐? 배가 불러? 배가 부르긴 뭘 불러, 고까지꺼 먹고!"

호통을 시작으로 나는 쉬지 않고 뭔가를 먹어야 한다. 그만 먹으려면 할머니와 멱살잡이라도 해야 할 판이다. 웬 가정집에 먹을 게 그렇게 많은지. 밥부터 간식, 과일까지… 위장행 특급열차를 타려고 줄줄이 대기 중이다. 내가 평소에 하는 일이라고는 키보드나 달칵달칵 두드리는 것뿐인데, 할머니는 거의 태릉선수촌의 선수처럼 먹이고 싶어 하신다. 손녀의 영양실조보다는 비만을 걱정하시는 게 합리적이실 텐데… 두툼한 손모가지로 고봉밥을 입에 퍼 넣던 나는 도대체 얼마나 더 우람해져야 할머니를 만족시킬 수 있을지 아득해졌다.

나의 증량에는 부모님과 할머니뿐 아니라 석구도 한 몫했다(이렇게 살 찐 책임을 전가해본다). 평소에 석구는 요리 하는 걸 좋아해서 끼니마다 장조림이나 찌개, 계란말이 등 을 만들어 상에 올린다. 그럼 나는 주로 데굴데굴 굴러가 무 거운 몸을 일으켜 밥을 먹는다. 부모님은 누나인 내가 끼니 를 준비하고 동생을 살뜰히 챙기는 그림을 상상했겠지만 현 실은 달랐다. 이런 실상을 들으면 할머니는 기함하신다.

"집에 반찬 좀 남아 있나?"
"몰라 석구가 알걸."
"너는 왜 모르니? 냉장고는 열어 보지도 않는구나!"
"그럼 그럼."
"그럼 그럼은 무슨, 여시기가 살림도 좀 할 줄 알아야지."
"주방은 석구 담당이야."
"어째 너네는 거꾸로 사니, 응?"

거꾸로 산다는 것은 여자가 부엌일을 안 하고 남자가 한다 는 뜻이다. 그런 시대를 살아오셨으니 그 마음이 이해는 된다. 하지만 이해하는 것과 실행하는 것은 다르기 때문에, 나는 "알겠어요. 할머니!" 하고 집으로 돌아가선 여전히 요리엔 손도 대지 않는다.

우리 집의 가사 분담 규칙은 이렇다. 석구는 음식을 만들고, 나는 설거지를 한다. 석구는 화장실 청소를 하고, 나는 거실이나 부엌 청소를 한다. 석구는 분리수거를 하고 나는 빨래를 한다. 할머니는 탐탁지 않겠지만 우리는 이 규칙이 우리에게 나름 잘 맞는다고 생각한다. 또 다른 규칙들로는 다음과 같은 것들이 있다.

♡ 우리 집 규칙 ♡

하나, 방의 청결 상태는 각자 관리하고 서로 지적하지 않기

둘, 수면 및 기상, 식사, 귀가 시간은 각자 관리하고 서로 지적하지 않기

셋, 공통 비용을 지출하는 건은 서로 합의해서 결정하기

넷, 공용 공간엔 공용 물건만 놓기

가끔 석구가 내 방을 보고 "도둑이 들어왔다가 정리해주고 나갈 판이네"라고 하는데, 나는 그때마다 1번 규칙을 들먹

이며 내 방에서 썩 꺼지라고 한다. 우리는 규칙을 통해 서로의 자유를 최대화하고 피해는 최소화하려고 한다. 개인의 공간이나 시간은 기본적으로 마음대로 관리한다. 대신 부엌의 청결을 위해 식사 후에는 바로 설거지를 하고, 치약이나 드라이기 같은 공용 물건은 쓰고 제자리에 갖다 놓고, 다른 사람이 자고 있으면 조용히 하고, 실내에선 금연한다. 이외에 아이스크림은 하루에 하나만 먹는다, 술 취해도 이는 닦고 잔다 같은 소소한 권장 사항(규칙은 아니니 꼭 지켜야 하는 건 아니다)도 있다.

밥도 각자 알아서 챙겨먹는다. 석구는 보통 아침을 먹고 출근하고 나는 먹지 않는다. 본가에 살 때는 새벽 6시에 일어나더라도 아침밥을 꼭 먹어야 했다. 지금은 밥이 아닌 잠을 택할 수 있다. 그러다 한번은 석구가 입을 잘못 놀려서 내가 아침밥을 안 먹고 다닌다는 사실을 누설했다가 집을 떠들썩하게 했다. 나는 납득할 수는 없지만 대역죄인이 되어 다음부터 꼭 아침밥을 먹겠다는 선서를 했다. 손녀가 객사할 걱정에 혼절 직전까지 갔던 할머니는(과장된 액션이셨다) 그제야 다시 생기를 찾으셨고, 그렇게 살 거면 본가에 다시 들어오라고 엄포를 놓던 아빠는 불시에 확인할 거라며 경계를 늦추지 않았다. 대체 어른들에게 끼니란 얼마나 중 차대한 문제란 말인가. 나는 절대로 이해하지 못할 것이다.

물론 내 생각이 늘 맞는 건 아니다. 시행착오도 겪는다. 예컨대, 처음 독립했을 때 나와 석구는 자신이 맡은 집안일 을 안 하면 벌금을 내기로 했다. 그럼 알아서 집안일을 잘할 거라고 생각했다. 하지만 이는 인간의 심리를 아주 모르고 한 생각이었다. 벌금은 페널티로 작용하지 않고 '집안일 면 제권'이 되었다. 마치 돈을 내면 집안일을 안 해도 되는 것처 럼. 그래서 우리는 당당하게 맡은 일을 안 하기 시작했다. 집 안꼴이 개판되는 현장을 목격하고서야 우리는 벌금제를 철 회했다.

이런 우당탕탕 끝에 '역시 어른들 말씀은 틀린 게 없군…' 이라고 생각할 때도 있다. 하지만 결론이 그렇게 나오더라 도 나는 빙 돌아가는 길을 택하고 싶다. 빙 돌아 시행착오를 경험하고 '왜 이렇게 하는 게 좋은지' 자연스럽게 설득되는 경험을 하고 싶다. 이런 과정에서 내 삶의 모양이 어떻게 생 겼는지 알고, 그 모양에 맞게 사는 법을 터득할 것이다. 그게 내가 독립을 한 이유이기도 하다.

어른들이 아무리 좋은 이야기를 해줘도 젊은이에게 가 닿지 않는 이유는 젊은이에게 경험이 없기 때문이라고 생각한다. 그건 그들의 잘못이나 바보 같은 짓이 아니라, 그게 뭔가를 배우는 유일한 방법이기 때문 아닐까. 경험이 없으면 판단의 근거가 없고, 어떤 이야기를 들어도 공감이 되지 않는다. 경험이 나의 블루투스 수신 기능을 'on'으로 만들어주는 것이다. 그러면 그제야 누군가 보내는 신호를 받을 수 있다. 그러니 나의 어버이께서는 내가 말 안 듣는다고 너무 속상해 마시고, 내 블루투스가 켜질 때까지 기다려주시면 좋겠다.

수다스러운 저녁

오늘 뭐가 제일
재미있었냐면요!

나는 종종 "빵떡 씨는 일할 때 말고 뭐하세요?" 혹은 "뭐할 때 제일 재미있어요?"라는 질문을 받는다. 그럼 나는 집에 도착하면 밤 12시가 되는 일상을 떠올린다. 눈 뜨면 출근하고 집에 오면 잠자기 바쁜, GDP 증가에 이 한 몸 바치는 삶에 재미라고 한다면… "저는 동생이랑 맥주 한 잔 마시면서 수다 떨 때가 제일 재미있어요". 이렇게 말하면 사람들은 보통 두 가지에 대해 놀라며 이렇게 대꾸한다. "동생이랑 친하다고요?" "삶의 재미가 눈물나게 소소하네요?"

나와 석구는 전형적인 K-남매와 다르게 사이가 좋은 편이다. 우리는 독립하기 전까지 방을 같이 썼는데, 고달픈 청소년기를 보내고 싶지 않다면 서로 친하게 지내는 것밖에 방도가 없었다. 그게 습관이 됐는지 우리는 자주 함께 시간을 보낸다.

최근에는 내가 야근하는 날이 많아서 석구를 볼 시간이 별로 없었다. 밤 11시 넘어 퇴근하면 석구는 "오랜만이다…" 하며 서먹하게 인사를 한다. 나도 왠지 집이 오랜만인 느낌이라 낯을 가리며 "어어 그래…" 하고 대답한다. 그러나 조금 일찍 퇴근하는 날이면 나와 석구는 자기 전까지 그날 있었던 흥미로운 일들을 이야기한다. 특히 석구가 일하는 곳에서 일어나는 에피소드를 듣고 있으면 상당히 재미있다.

"오늘 어떤 고객이 베개 상표를 등록하고 싶다는 거야. 그래서 이름을 뭘로 하실 거냐고 하니까 '모찌 필로우'로 하고 싶대. 근데 '모찌'라는 단어는 이미 누가 쓰고 있어서 상표로 등록하기가 어렵단 말이지. 그래서 이래저래 안 되는 이유를 설명을 해 줬어. 그랬더니 그럼 모찌 필로우 말고 다른 좋은 이름이 있냐고 물어보더라고? 그래서 내가 생각 좀 해보겠다고 말했지. 그리고 과장님이랑 담배 피면서 무슨 이름이 좋을까 고민을 했어."

석구　과장님, 말랑 필로우 어떻습니까?

과장　스흡, 후… 모찌의 쫀득함이 좀 안 사는데… 쫀쫀 필로
　　　우는 어떠냐?

석구　그것도 좋은데 임팩트가 살짝 약하지 말입니다.

과장　그럼 뭐로 하지?

석구　과장님 쫀떡 필로우 어떻습니까?

과장　오 그거네! 그거 좋다. 역시 젊은 사람이 창의적이구만.

"그래가지고 쫀떡 필로우로 제안했더니, 의뢰한 사람도
엄청 좋아하더라고. 아! 이렇게 오늘도 한 건 했지."

나는 수염이 거뭇한 성인 남자 둘이 진중한 얼굴로 말랑, 쫀
쫀, 쫀떡 같은 단어를 주고 받는 모습을 상상했다. 석구는 이
어서 또 다른 이야기를 풀어냈다.

"또 어떤 분이 '투움바 파스타'를 상표로 내고 싶어 하
는 거야. 근데 '투움바 파스타'는 아웃백에서 먼저 등록을 해
서 같은 이름으로는 상표를 낼 수 없어. 근데 꼭 투움바 파스
타로 하고 싶다는 거야. 또 과장님이랑 옥상에 올라갔지."

과장 석구야, 톰바 파스타는 어떠냐? 발음이 좀 비슷하지 않냐?

석구 부를 때는 괜찮은데요, 포장지에 써 있으면 좀 별로일 것 같습니다.

과장 그러면… 튬바? 아 이것도 좀 이상한데.

석구 과장님, 고투-움바 파스타 어떻습니까? 움바로 가자(go to woomba)는 뜻이니까, 투움바랑 중복되지도 않고, 부를 때는 투움바 파스타를 연상할 수도 있지 않습니까?

과장 그거 기가 막히네! 그거로 해야겠다.

"…해서 또 한 건했지."

나는 이야기를 들으며 왜 흡연자들은 꼭 담배를 피면서 아이디어를 낼까, 과장님은 왜 2프로씩 부족한 아이디어를 가져오시는 걸까 생각했다. '투움바'는 안 되고 '고투-움바'는 되는 상표 세계의 희미한 경계에 대해서도 생각했다.

석구는 자기가 겪은 일들을 맛깔나게 이야기해준다. 스무 살에 군대에 있을 때도 그랬다. 재미있었던 일들을 메모

장에 적어두었다가 휴가 나와서 가족들에게 열연을 펼쳐가
며 들려주었다. 그러다가도 내가 "재미있었겠다!"고 하면 "군
대가 재미는 무슨!" 하며 역정을 내서 어느 장단에 맞춰야 할
지 헷갈리곤 했다. 아무튼 석구는 이토록 스토리텔링에 진
심이다. 석구가 웃긴 이야기를 한다면 나는 주로 우는 소릴
한다.

"요즘 우리 회사에 아파서 퇴사하는 사람들이 왜 이렇
게 많지?"

"햇빛을 못 보고 12시간씩 일하면 아픈 게 당연하지 않
을까?"

"나도 스트레스 받고 아프면 어떡하지."

"내가 기준을 알려 줄게. 회사 가는 길에 짜증이 나면 계
속 다녀도 돼. 근데 회사 가는 길에 눈물이 나잖아? 그럼 그
길로 퇴사하는 거야."

"체력도 너무 떨어진 것 같아."

"그건… 이제 나이가 들었으니까, 거스를 수 없는 자연
의 섭리지."

"그렇지."

"트위터에서 그런 거 본 적 있어. 20대까지는 신체 무료 체험 기간이라 아무것도 안 해도 건강하지만, 30대부터는 유료 결제를 해야 한대. 영양제도 먹고 운동도 해야 건강하다는 거지. 우리도 곧 유료 결제를 해야 하는 나이가 되니까 미리 준비를 해야 해."

우리 회사의 매니저님과 한 대화가 떠올랐다. 매일 저녁 달리기를 하신다길래 "다이어트 하세요?"라고 물어봤다. 매니저님은 진지한 얼굴로 "30대 후반이 되면 살을 빼기위해 운동하지 않아. 살기 위해 하는 거지"라고 답했다. 그때는 무슨 소리인가 했는데 이제 어떤 뜻인지 좀 알 것 같다.

나는 오늘 아침에 있었던 일이 생각나 석구에게 이야기했다.

"오늘 출근하는데 어떤 아줌마가 개를 데리고 산책을 하고 있더라고. 내가 그 옆을 지나가는데 갑자기 개가 왕! 짖는 거야. 그래서 내가 깜짝이야, 그랬거든? 근데 아줌마가 자기 개를 쓰다듬으면서 '어이구 놀랬져어~'하는 거야. 기가 막히더라고. 놀란 건 난데."

"그럼 너도 그 아줌마한테 왕!왕! 짖은 다음에 아줌마가 '뭐하시는 거예요?' 하면 '놀라서 그랬는데요? 제가 성질이 좀 개 같아서'라고 하지."

"아, 그럴 걸 그랬다."

생각지도 못한 솔루션에 나는 빵터졌다. 석구와 수다를 떨다 보면 이런저런 일들이 조금씩 가벼워진다. 회사에서의 막막한 일도 어떻게든 해결될 것 같고, 매일 생성하는 흑역사도 낄낄거리고 넘어가면 그만인 것 같다. 심각하고 준엄해 보이던 일들도 그냥 똥 밟은 것 정도가 된다.

그래서 회사에서 사건사고가 생기면 '이거 석구한테 이야기해줘야겠다'라고 생각한다. 이야깃거리를 찾은 예능인처럼 오히려 좋아하기도 한다. 혼자 살았다면 회사에서의 근심을 집까지 가져와 잠들기 전까지 '어떡하지, 어떡하지' 했을 것이다. 하지만 석구와 이야기하면 '그래 별거 아니야. 내일도 잘 해보자'하고 잠들 수 있다. 오늘도 웬 아줌마한테 왕왕거리며 짖는 내 모습을 상상하며 잠이 든다.

조금 더 일찍 샀다면
좋았을 것들

코로나19를 맞이한
우리 생활의 변화

코로나19로 나와 석구 모두 재택근무를 하게 되었다. 그런데 이렇게까지 길어질 줄은 몰랐다. 한두 달 하고 말 줄 알고 최소한의 업무 환경만 갖춰 놓은 상황이었다. 나는 부엌 식탁에 앉아 일하고, 석구는 김치냉장고 위에 노트북을 올려 놓고 일했다. 원래 둘 다 식탁에서 일했는데, 자꾸 서로의 발이 닿아 몹시 불쾌해진 나머지 내가 석구를 김치냉장고로 유배 보내 버렸다. 거실에 낮은 테이블도 있긴 한데, 거기서 여덟 시간을 앉아 있다가 고관절이 펴지지 않는 경험을 한 후로는 사용하지 않는다.

　재택근무 기간이 점점 길어짐에 따라 나와 석구의 라운

드 숄더와 거북목도 점점 심해졌다. 노트북으로 거의 쏟아져 내릴 듯 구부정한 석구의 옆모습은 나의 마음을 연민으로 뒤흔들기에 충분했다(물론 김치냉장고로 쫓아낸 건 나였다). 우리는 적절한 근무 환경을 갖추기로 했다. 삶의 질을 높이기 위해 우리가 구매한 아이템들이 있어 소개해보려 한다.

♡ 아이템 하나, 책상&의자 ♡

우리 선조들이 다리 네 개 달린 가구를 굳이 용도별로 구분한 데는 다 이유가 있다. 밥 먹을 땐 식탁, 공부할 땐 책상, 차 마실 땐 테이블. 다 그 용도에 맞게 제작된 것이다. 책상과 의자를 산 후에야 나는 그 명백한 지혜를 깨우칠 수 있었다. 물론 책상을 놓느라 옷장 문 한쪽이 안 열리게 되었지만 그 정도는 감수할 가치가 있었다. 우선 책상만 놓았음에도 '이곳은 일하는 공간'이라는 인식이 생겼다. 일도 하고 밥도 먹고 술도 마시는 공간이 아니라 오로지 일을 위해 마련된 자리라는 느낌은 좀 더 집중해서 일할 수 있게 해주었다. 밥 먹을 때마다 노트북과 자료를 치우는 번거로움이 없음은 물론이다.

의자를 산 것도 신의 한 수였다. 만약 당신이 회사에서 일하는데 월급도 성에 안 차고, 탕비실에 맥심 커피믹스도 잘 안 채워주고, 냉난방도 안 된다면 어떻겠는가? 제대로 된 대우를 받지 못하는 느낌일 것이다. 의자를 사기 전까지 내 엉덩이도 그런 느낌이었다. 엉덩이에 인격이 있었다면 엉덩이권(?)을 주장하며 시위라도 벌였을 것이다. 다행히 통풍이 잘 되고 쿠션감 좋은 의자를 구매함으로써 엉덩이와 원만한 합의에 이를 수 있었다. 전에는 "아 엉덩이 아파~ 허리 아파~" 하며 10분에 한 번씩 침대에 드러누우려고 했다면, 이제는 한 시간에 한 번 정도만 드러눕게 되었다. 장족의 발전이다.

♡ 아이템 둘, 키보드&모니터 ♡

눈높이보다 낮은 노트북을 사용하며 구부정한 K-직장인의 골격을 완성시켜 갈 때쯤, 이래서는 아르마딜로와 내 뒷모습을 구분할 수 없게 될 거라는 생각에 큰맘 먹고 키보드와 모니터를 구매했다. 덕분에 어깨와 목의 상태가 혁신적으로 편안해졌다(물론 굽어버린 자세는 쉬이 돌아오지 않았다). 우리 회사에 허리 디스크 수술하는 데 천만 원을 쓴 분이 계신데, 그 분은 다리 꼰 사람만 보면 "어어~? 그거 천만 원이야~ 다리 풀어"라고 한다. 본인처럼 디스크 터지기 싫으면 자세를 바르게 하라는 뜻이다. 나도 조금만 늦었다면 목 디스크로 적금 깰 뻔했다는 생각에 잠시 아찔해졌다.

♡ 아이템 셋, 소파 ♡

소파는 재택근무에 꼭 필요한 아이템은 아니지만 구매 후 만족도가 높아서 적어 본다. 우리 집에는 원래 소파가 없었다. 내 기준에서 소파는 사치스러운 가구였기 때문이다. 없어도 큰 문제가 없는데 굳이 살 필요가 없다고 생각했다. 거실에 있을 때 나는 주로 바닥에 드러누워 있었다. 누워 있다가 얼굴 옆에 먼지가 보이면 손으로 슥 밀어 버렸다. 우리끼리 있을 땐 괜찮았으나 집에 방문한 엄마의 눈에는 진화가 덜 된 생명체처럼 보였던 것 같다. 엄마는 엄지발가락으로 나와 석구의 옆구리를 쿡쿡 찌르며 말씀하셨다.

"얘들아, 그만 누워 있고 좀 앉아."
"앉아 있으면 허리가 아픕니다."
"소파라도 사든지."
"어머니, 누워 있을 수 있는데 왜 앉아 있어야 합니까?"

난 정말 궁금해서 물어본 건데 엄마에게는 반항으로 들리는 것은 왜일까. 그리고 엄마의 엄지발가락 힘은 왜 이리도 강한 것일까. 엄지발가락으로 벤치프레스라도 하시는 것일까.

아무튼 나는 그 길로 '오늘의집'에서 소파를 샀다. 며칠 뒤 거실의 반을 차지하는 소파가 도착했다. 나는 소파를 설치하는 동안 별로 효용도 없으면서 자리만 차지하는 이 가구에 대해 계속 툴툴거렸다. 하지만 몇 시간도 채 되지 않아 나는 소파에 내 몸과 마음을 다 맡겨버리고 말았다. 소파는 너무나 푹신했다. 이 북유럽풍의 소파는 체크무늬 담요, 스탠딩 조명과 함께 나의 감성까지 채워주었다. 모든 가구는 목적에 맞게 제작되었다는 것을 다시 한번 실감했다. 나는 소파와 한 몸이 되어 말했다.

"근데 석구야, 소파에 앉으니까 테이블이 너무 낮은 것 같지 않니?"

"그러네. 밥을 먹으려면 허리를 90도로 꺾어야 하네."

"높이 조절이 되는 리프트업 테이블이 있다던데."

"음, 이렇게 소비가 소비를 부르는구나."

이외에도 소소하게 삶의 질을 높여준 몇 가지 아이템들이 있다.

첫 번째는 '조각 접착제'다. 조각 접착제는 판판한 점토를 네모나게 조각낸 것처럼 생겼다. 만지면 고무찰흙처럼 말랑말랑하다. 나는 벽에 포스터나 엽서를 붙일 때 조각 접착제를 사용한다. 조금 떼어내서 포스터의 네 귀퉁이에 붙이고 벽에 붙이면 된다. 조각 접착제의 좋은 점은 벽지가 손상되지 않는다는 것이다. 벽에 테이프를 붙였다 떼면 벽지가 찢어질 위험이 있다. 하지만 조각 접착제는 점토형이라서 뗄 때도 벽지가 상하지 않는다. 겉으로 마스킹 테이프 같은 게 보이지 않아서 보기에도 훨씬 깔끔하다.

두 번째는 '하수구 트랩'이다. 신기하게도 우리 집 화장실에서는 파김치 냄새가 났다. 악취도 아니고 구린내도 아니고 딱 파김치 냄새. 방금 국밥집 이모님이 김장하고 가셨다고 해도 믿을 정도로 매콤하고 알싸한 냄새였다. 왜 그런 냄새가 나는지는 알 수 없었지만, 냄새의 출처가 하수구라는 것은 알아냈다. 얼마간 플라스틱 접시 같은 거로 덮어뒀는데, 샤워할 때마다 치워야 하는 번거로움이 있고, 드나들 때 실수로 발로 차기도 했다. 그래서 알아봤더니 하수구 트랩이라는 게 있었다. 냄새는 차단되면서 물은 빠지는 기특한 녀석이었다. 하수구 트랩 덕분에 파김치 냄새에서 해방될 수 있었다.

마지막 아이템은 '고리자석'이다. 말 그대로 자석에 고리가 달려 있다. 현관문이나 냉장고에 붙이면 뭔가를 걸어둘 수 있다. 나는 주로 현관문에 붙여서 쓰고 있다. 우산, 마스크, 열쇠, 가방, 구두 주걱 등을 걸어 두는데 대단히 편리하다. 단점은 자력이 세서 위치를 옮기려면 자석과 멱살잡이를 해야 한다는 것이다.

이렇게 자취 아이템들을 소개하니 제품 사용 후기를 가장해 광고하는 블로거가 된 듯한 느낌이다. 하단에 구매 링크라도 걸어야 할 것 같지만 그런 건 없다. 알아서 사서 쓰시라.

정서적 독립

퇴사 욕구
4단계

당신은 몇 단계인가요?

만약 독립에도 순서가 있다면, 나는 경제적 독립이 최우선이라고 생각한다. 경제적으로 독립해야 물리적 독립이 가능하고, 물리적으로 독립해야 심리적으로도 독립할 수 있다. 하지만 이상적으로 그렇다는 거고, 현실적으로 집 살 돈을 모아서 독립하는 건 거의 불가능하다. 집이 독립의 필수 조건이라면 85세 정도에나 독립할 수 있을 것이다.

그렇다해도 최소한 '내가 지금 1인분의 경제 활동을 하고 있고, 미래에는 완전한 경제적 자립이 가능할 것'이라는 가능성은 보여줘야 한다고 생각한다. 그래야 이 '신용 사회'에서 은행의 신용을 얻고 대출도 얻을 수 있을 테니까. 그래서 내게는 안정적으로 직장에 다니는 것, 혹은 그렇게 보이는 것이 중요했다.

나는 대학을 졸업하자마자 취업을 했다. 취업한 날, 나는 '이제 됐다!'라고 생각했다. 그때는 앞으로 4~5년 정도는 열심히 일하면서 커리어 쌓고, 돈 모으면 만사가 해결될 것 같았다. 하지만 실제로 직장을 4~5년 다녀 보니, 커리어 쌓으면서 돈 모으는 일은 그렇게 심플한 일이 아니었다. 회사 생활 1년 차 정도부터 매일 이런 생각이 들었다.

'이 회사에 내가 얼마나 오래 다닐 수 있을까? 집 살 돈은 몇 년 안에 모을 수 있을까? 대출을 받아서 집을 사면… 45년 동안 갚아야 하네? 차라리 나보다 AI가 더 일 잘할 것 같은데… 저 자식이랑 얼마나 더 일할 수 있을까….'

이때 직장인은 두 가지 중 하나를 선택할 수 있다. 회사를 계속 다니거나 안 다니거나. 그러나 마음은 어느 한쪽으로 확실히 기울지 않고, 두 가지 선택지 사이에서 아슬아슬하게 줄을 탄다. 어느 날엔 부들부들 떨며 '진짜 못 다니겠다!'고 생각했다가, 또 어느 날엔 춥고 배고픈 바깥세상을 생각하며 '그래도 이 정도면 다닐 만하지'라고 생각한다.

이렇게 줄타기를 하는 사이에 시간은 흐르고 '그래도 벌써 주말이네'라는 생각을 하며 한 주 한 주를 다닌다. 주말을 위해 평일을 견디는 일상에서 나는 모순된 감정을 느꼈다. 나는 나의 20대가, 아직 도가니가 멀쩡하고 간이 싱싱한 이 시기가, 쥐새끼처럼 호다닥 지나가지 않았으면 좋겠는데, 또 한편으로 회사에 있을 때는 매 순간이 빨리 지나가길 바라기 때문이다. 시간이 빨리 가길 바라는지 더디게 가길 바라는지 스스로도 알 수 없었다. 이런 생각이 들 땐 오히려, 시간의 흐름에 대한 결정권이 내게 없어서 다행이라고 생각했다.

주변 사람들과 이야기해보면 "나 직장 너무 잘 다니고 있고 아주 행복해!"라고 말하는 사람은 없다. 정도는 다르지만 대부분 퇴사 욕구를 품고 산다. 사실 직장 생활이 불만족스러운 건 당연한 일 같기도 하다. 여러 개의 면으로 된 다각형 컵을 상상해보자. 여러 면 중 하나만 깨져도 컵 안의 물은 쏟아진다. 어떻게 보면 직장 생활도 그렇다. 금전적 보상, 동료, 일에 대한 흥미, 일의 난이도 등 여러 가지 요소 중 하나만 불만족스러워도 직장 생활 전체가 싫어진다. 다른 건 다 좋아도 같이 일하는 사람이 매일 지랄을 하면 퇴사를 생각하게 된다. 또는 다른 건 다 좋아도 월급이 적으면 퇴사를 생각하게 된다. 직장 생활의 모든 요소가 완벽할 확률은 거의 없고, 하나 이상의 문제가 있을 확률은 높기 때문에 대부분은 직장 생활에 불만을 가질 수밖에 없다.

그렇다면 퇴사를 고민하는 단계에서 나아가 결심하는 순간은 언제일까? 퇴사 욕구는 포인트가 적립되듯, 처음엔 200점 300점 정도 있으나 마나한 정도에서 시작된다. 그러다 점점 '어, 어느새 포인트가 이만큼 쌓였네?'라고 의식할 정도로 커진다. 나중엔 5천 점부터 현금화가 가능해지는 포인트 지급 규칙처럼, 어느 기준점을 넘으면 퇴사 욕구가 실제 행동으로 이어진다. 이 과정을 4단계 정도로 나눠볼 수 있다.

☙ 1단계, 일에 몰입하지 못한다 ❧

입사 초반에는 새로운 일에 적응하고 내 몫을 해내기 위해 열심히 일한다. 하지만 어느 정도 적응을 하면 이런저런 문제가 생기기 시작한다. 생각만큼 오르지 않는 연봉, 짜증 나는 상사, 지나친 성과 압박… 혹은 매일 비슷한 업무에 권태로워질 수도 있다. 그럼 점점 일에 몰입하기 힘들어진다. 이 때 마음을 다잡기 위해 일의 의미나 나의 커리어, 회사의 좋은 점 등을 생각한다. 이 방법이 먹히면 '다시 힘내서 다녀 보자'라고 생각하게 되고, 안 먹히면 2단계로 넘어간다. 직장인 대부분은 1단계 정도의 퇴사 욕구를 늘 달고 산다. 어떤 사람은 1단계 상태로 10년을 다니기도 하고, 어떤 사람은 몇 개월 만에 퇴사로 이어지기도 한다.

🙁 **2단계, 다른 사람들의 직장 생활을 궁금해한다** 💔

어느 날 미용실에 갔다. 내 순서를 기다리면서 주위를 둘러 봤다. 주말 오전이라 그런지 손님도 많고 일하는 분들도 바빠 보였다. 미용사분들을 보며 문득 '저분들은 자기 일을 할 만하다고 느낄까? 매일 같은 장소에서 같은 일을 하면 지루하지 않을까? 사람 상대하는 일은 괜찮나?' 하는 궁금증이 들었다. 신발을 사고 싶을 때 다른 사람의 신발을 눈여겨보게 되는 것처럼, 내 직장 생활이 순탄치 않으니 다른 사람들은 어떻게 돈벌이를 하고 있나 궁금해진다. 친구들을 만나도 회사는 다닐 만하냐, 마음에 안 드는 점은 없냐, 왜 계속 다니냐 등을 자꾸 물어보게 된다.

💔 3단계, 퇴사 후에 뭘 할지 구체적으로 상상한다 💔

여기서 포인트는 '구체적으로'다. 그냥 '여행 가야지' '쉬어야 지' 정도는 평소에 늘 하는 생각이다. 그러나 3단계에 들어 서면 '재직 증명서를 미리 떼어 두는 게 좋겠지, 가까운 동료 들한테는 내 퇴사 소식을 이렇게 말해야지, 퇴사하고 유럽 가면 독일에 2박 3일 정도 있고, 프랑스에 4박 5일 정도 있어 야지'까지 상상한다. 간절히 바라다 보니 진짜 일어날 일처 럼 상상하게 된다. 문제는 그러다 다시 현실로 돌아오면 상 상하기 전보다 더 괴로워진다는 것이다. 회사에 다니는 게 내 삶이 아니라는 느낌을 받는다. 마음을 다잡기 위해 노력 하지만, 스스로를 설득하기가 점점 어려워진다. 퇴사 욕구 도 금방금방 빠르게 다시 차오른다.

💔 4단계, 신체 증상이 나타난다 💔

아무리 인내심이 강한 사람이라도 몸에서 신호가 오면 덜컥 겁이 나고, 뭔가 잘못됐다는 생각이 든다. 그래서 4단계가 되면 대부분 한두 달 안에 퇴사를 결정하는 것 같다. '일하기 싫어서 토할 것 같다'고 입버릇처럼 말하던 전 회사 동료는 어느 날 아침, 정말로 토를 하고 그 길로 사표를 냈다.

내 고등학교 친구는 스트레스로 머리에 동전만 한 크기의 땜빵이 생겼다. 내 지인 한 명은 회사에서 갑자기 눈물이 멈추지 않았다고 했고, 다른 지인은 출근길 지하철에서 기절했다 깨어났다고 했다. 이것은 몸의 교감신경과 부교감신경이 합심하여 '야!! 당장 그만둬!!! 그러다 너 죽어!!'라며 주인을 살리기 위해 소리치는 것이다.

이상으로, 나의 회사 생활 경험과 지인들에게 들은 이야기를 바탕으로 나름의 퇴사 단계를 나눠봤다. 나는 2단계까지 갔다가 다시 잘 다녀보자고 마음을 다잡은 적도 있고, 4단계까지 가서 퇴사를 결정한 적도 있다. 다음에 이어지는 글에서 내가 내린 두 가지 결정에 대해 이야기해보려고 한다.

결정1. 어글리 존에 있겠습니다

못나고 어설픈 스스로를 지켜보는 일

스타트업은 승진이 빠르다. 회사가 세워진 지 몇 년 안 되어 직원들의 연차는 낮은 반면, 누군가는 관리자 역할을 해야 하니 주니어를 빨리 승진시키려고 한다. 스타트업에 연차가 낮은 '삐약이 팀장'이 많은 이유다.

내가 다니던 회사도 생긴 지 6년밖에 안 된 스타트업이었다. 나는 2년 정도 실무자로 일한 후 팀장을 제안받았다. 나는 뭐 별거 있겠나 싶은 생각으로 제안을 수락했다. 그러나 별거 없을 거라 생각하면 늘 별게 있는 법! 실무자와 관리자는 완전 다른 일을 하는 사람이었다.

실무를 할 때는 내 손으로 결과물을 만들었고, 그게 곧 나의 성과였다. 그래서 대부분의 일과 성과를 통제할 수 있었다. 하지만 관리자가 되니 내 손으로 할 수 있는 일이 없었다. 팀원들을 통해 팀의 성과를 내야 했다. 실무자들이 하나의 목표에 몰입할 수 있게 동기를 부여하고, 적당한 가이드를 줘야 했다. 하지만 그 모든 일을 나의 현생에서 달성하는 것은 불가능해 보였다.

나는 이제까지 사무실 구석에서 사부작사부작 내 할 일이나 하고 조용히 퇴근했었다. 그런 나에게 이렇게 어려운 일을 시키다니! 부엉이에게 미라클모닝을 시킨 것이나 마찬가지였다. 상사의 말을 팀원에게 전하고 팀원의 의견을 다시 상사에게 전하며 앵무새 같은 짓을 할 때면 '난 대체 무슨 일을 하는 사람이지…' 하는 생각이 들고, 피우지도 않는 담배가 당겼다. 게다가 내 결정에 팀원들이 불만스러워하고, 성과를 보고 받은 상사도 탐탁지 않아 하면, 내 편은 없다는 생각에 몹시 외로운 기분이 들었다. 왕관을 쓰려는 자 그 무게를 견뎌라는 말처럼 큰 힘에는 큰 책임이 따른다지만, 솔직히 나는 왕관이고 힘이고 필요 없으니 그냥 다 갖고 꺼지라고 소리치고 싶었다. '난 그릇이 작은 사람인데, 회사가 간장 종지에 고봉밥을 퍼담으려고 한다'는 생각을 하며 꾸역꾸역 회사를 다녔다.

그러던 어느 날, 사내 메신저로 운영팀 팀장님에게 메시지가 왔다.

'빵떡 씨, 우리 잠깐 이야기 좀 할까요?'

무슨 일일까. 운영팀 팀장님이 따로 이야기하자고 한 적은 처음이었다. 그때부터 아랫배가 살살 아프면서 초조해졌다. 라운지로 나간 나는 하나도 안 초조한 척, 능숙한 사회인인 척 팀장님께 인사했다. 팀장님은 미소로 답했다.

"빵떡 씨, 이번에 배송 업무 요청하신 거 있잖아요. 그거 제가 저번에 물어봤을 때는 운영팀 도움 필요 없다고 했다가 왜 갑자기 요청하신 거예요?"

"아 그게… 그땐 저희 팀원들끼리 하려고 했는데 생각보다 업무량이 많아서요."

"근데 운영팀도 운영팀의 원래 업무가 있는데 이렇게 갑자기 업무를 요청하면 곤란해요. 이제 빵떡 씨가 팀장이어서 같이 커뮤니케이션할 일 많을 텐데, 앞으로 이런 식의 요청은 조심해주시면 좋겠어요."

"아… 네, 그렇네요. 맞는 말씀이에요. 앞으로 주의하겠습니다."

난 아차 싶었다. '나는 업무 요청도 못하는 바보야… 그러면서 무슨 팀장을 한다고'라는 생각이 들자 갑자기 눈가가 저릿하면서 눈물이 날 것 같았다. 비상이었다. '난 어른이다… 난 울지 않는다… 웃긴 생각하자, 웃긴 생각…' 나는 필사적으로 눈물이 나오려는 걸 참았다. 그때 팀장님이 용건을 끝냈다고 생각했는지 내 안부를 물었다.

"팀장 일이 쉽지 않죠? 요즘 어때요?"

'요즘 어떠냐고…?' 내 안구는 결국 어른이길 포기하고 눈물을 줄줄 쏟아내기 시작했다. 몇 개월간의 서러움이 사회인답지 못한 방식으로 쏟아져 나왔다.

"흑… 요즘… 호윽… 어렵습니다. 팀원들도… 저한테 실망하는 것 같고, 대표님도 팀장 괜히 시켰다고 생각하실 거 같고… 흐으으윽… 다른 사람이 했으면 더 잘했을 텐데… 괜히 제가 해서 흐어엉… 안 하고 싶어요, 그만하고 싶어요…."

나는 유치원 가기 싫어하는 어린이처럼 징징거렸다. 팀장님은 내 이야기를 가만히 듣더니 내 등을 토닥거리며 말씀하셨다.

"무슨 마음인지 알아요. 실무자일 때는 나름대로 잘한다는 이야기 들으면서 회사 다녔는데, 팀장 되고 나니 다 생소하죠? 잘하는 게 없는 것 같고, 다들 내 바닥을 보는 것 같고. 이제까지 노력하면 잘할 수 있었는데 지금은 아닐 거예요. 노력해도 통제할 수 없는 일들이 많을 거예요. 괜히 팀장한다고 했나 싶고, 포기하고 싶을 거예요. 사실 그래도 돼요. 아무도 빵떡 씨를 욕할 수는 없어요. 근데 나는 빵떡 씨가 지레 겁먹고 포기하진 않았으면 좋겠어요. 남들이 못한다고 한 것도 아닌데, 섣불리 스스로를 평가하고 스스로의 기회를 빼앗지 않으면 좋겠어요."

팀장님은 내 속을 3천배율 현미경으로 들여다보신 걸까. 구구절절 공감되는 말이었다. 나는 코끝에 매달린 콧물을 팔랑이며 연신 고개를 끄덕거렸다. 팀장님도 이런 감정을 다 겪어보신 것 같았다. 나는 '나만 그런 게 아니구나'라고 생각하며 묘하게 위안을 받았다.

　"지금 못하는 게 당연해요. 처음부터 잘하려고 하면 그건 욕심이야. 지금은 '잘'하는 게 아니라 '그냥' 하는 시기예요. 그만두지 않는 게 최선이야. 나도 미안해요, 빵떡 씨. 충분히 실수할 수 있는 건데 내가 너무 뭐라고 했네. 다 사람이 하는 일이니까 실수도 하는 건데 말이야. 앞으로 그런 부분은 서로 어여삐 여기고 이해해주도록 해요."

나는 팀장님의 따사롭고 능숙한 위로를 들으며 30분 넘게 울었다. 팀장님은 베이비시터급 달래기 스킬을 선보이며 나를 진정시켰다. 내가 울음을 그치자 나를 편의점에 데려가 쭈쭈바를 사주시며 "추스르고 올라와요." 하고 홀연히 사라지셨다.

　나는 빠삐코를 주물거리며 어디선가 읽은 이야기를 떠

올렸다. 세상에는 어글리 존(ugly zone)과 컴포트 존(comfort zone)이 있다고 한다. 어글리 존은 일에 미숙하고 의도한 대로 결과가 나오지 않는 상태를 말한다. 반대로 컴포트 존은 일에 능숙하고 좋은 성과를 낼 수 있는 상태를 말한다.

컴포트 존을 벗어나는 것은 힘들다. 컴포트 존은 한겨울 극세사 이불 속 침대처럼 안락하기 때문에 계속 머물고 싶다. 하지만 컴포트 존에 있으면 성장할 수 없다. 새로운 일을 하는 사람은 필연적으로 어글리 존을 거쳐야 한다. 현재 능력으로는 미치지 못하는 수준을 계속 추구할 때, 그래서 딱 괴로워 죽을 것 같을 때 성장하는 것이다. 나는 내가 지금 어글리 존에 있다고 느꼈다. 어글리 존에서 못하는 내 모습을 견뎌야 하는 시기인 것이다.

팀장님이 하신 말 중에 '스스로의 기회를 빼앗지 않으면 좋겠다'는 말이 맴돌았다. 맞는 말이었다. 결국 해내지 못할 수도 있지만, 적어도 내가 나 자신에게 기회를 줘볼 수는 있었다. 나는 내가 인내심을 가지고 남들을 기다려주는 것처럼, 스스로에게 너무 야박하게 굴지 말고 조금 더 지켜봐주자는 생각을 했다. 그렇게 나는 회사를 조금 더 다니는 결정을 했다.

결정2. 회사를
나오겠습니다

내 운명을 고르자면
눈을 감고 걸어도 맞는 길을 고르지

운영팀 팀장님과 눈물 파티를 한 후 6개월이 지났다. 그동안 힘든 일이 있을 때마다 팀장님이 해준 이야기를 포도당 캔디처럼 꺼내 먹으며 고비를 넘겼다. 어떤 날엔 '오, 나 좀 잘하는 듯?' 하고 생각했다가 또 어떤 날엔 '오, 전혀 못하겠는걸?'이라고 생각했다. 조금씩 성장한다는 느낌을 받았지만, 해결해야 하는 문제의 난이도가 내 성장 속도보다 훨씬 빠르게 상승했다. 세상은 티익스프레스인데 나 혼자 종이비행기인 느낌. 실력과 난이도의 차이 때문에 당시 내 퇴사 욕구는 3단계에서 4단계로 향하는 중이었다. 오랜만에 만난 친구는 내 상태를 걱정했다.

"애가 눈에 초점이 없네. 왜 자꾸 허공을 응시해. 무서우니까 먼 데 보지 말고 가까운 데 봐."

사실 나만 동태 눈깔인 건 아니었다. 사무실에 들어가면 여기가 회사인지 수산 시장인지 모르게 죄다 썩은 동태 눈깔을 하고 있었다. 뇌와 심장을 빼놓고 손가락과 아가리로만 일하는 직장인들….

　내 스트레스의 큰 원인 중 하나는 일의 통제 불가능함이었다. 나는 MBTI 성격 유형 중 'J(판단형)'형 인간으로, 일을 통제하고 계획해야 마음이 편하다. 그런데 일이 어렵고 많다 보니 일을 통제하기가 어려웠다. 언제부턴가 J형 인간답지 않게 일을 미루기 시작했다. 일을 하지 않으면 안되는 시점까지 미뤘다. 심하면 마감 당일 새벽에 일어나 울면서 일하기도 했다. 당연히 성과는 나빠지고, 일에 대한 거부감은 심해지고, 그래서 또 일을 미루고… 악순환의 반복이었다.

　밤엔 잠드는 게 싫었다. 잠을 자면 아침이 오고, 아침이 오면 회사에 가야 하니까. 그래서 자려고 누워서도 괜히 핸드폰을 들여다봤다. 인스타그램을 보다가 재미있는 게 없으면 유튜브를 보다가 재미있는 게 없으면 다시 인스타그램을 보고… 그 시간대에 SNS상에 있는 모든 콘텐츠를 다 봐서 더 볼 게 없을 때까지 보다가 잠들었다.

아침에 일어나면 손에 핸드폰을 쥐고 있었다. 불면증이라기보다(눈 감으면 곧잘 자긴 했다) 잠드는 시간을 미루는 것에 가까웠다. 하루가 불만족스러웠기 때문에 잠들기는 싫고 그렇다고 딱히 할 일은 없어서 핸드폰만 주구장창 보다가 곯아떨어지는 것이다. 일을 할 때도 안 할 때도, 회사에 있을 때도 없을 때도 마음에 묵직한 돌멩이가 있는 느낌이었다. 돌멩이를 품고 덜그럭덜그럭 회사에 다니던 어느 날, 퇴사의 방아쇠를 당긴 일이 있었다.

스타트업은 주기적으로 투자를 받아야 한다. 투자를 받는 시기가 되면, (달성이 거의 불가능하다고 느껴지는) 높은 목표와 그것을 달성해야 하는 시기를 정하고 강도 높게 일한다. 우리 회사에도 그 시기가 돌아왔다. 작년에 투자를 준비할 때는 '그래, 다들 못할 거라고 하지만 한 번 해보자!'는 마음이었다. 그런데 올해는 '이보다 더 열심히 하라고…?'라는 생각이 먼저 들었다. 더 끌어다 쓸 에너지가 없는 느낌이 있나.

　회사의 미래, 사업 모델, 가파른 성장 등을 생각하니 가슴에 통증이 느껴졌다. '가슴이 아프다'는 노래 가사가 많은 이유가 다 있었다. 실제로 가슴께에 물리적 통증이 느껴지기 때문이다. 의도치 않게 심혈관계 지식을 쌓고 있던 찰나 숨이 잘 쉬어지지 않았다. 나는 서울 한복판에서 곱게 무릎을 꿇고 '스흡-후우' 하며 잠시 숨을 골랐다. 어렵사리 집으로 돌아온 나는, 그날 밤새 고민했다.

　'내가 또 한 번의 투자 시즌을 버틸 수 있을까… 내가 지금 나가면 팀원들이 힘들겠지… 이번 투자 끝날 때까지만 다닐까… 하지만 하루도 더 못 다니겠어… 이 상황을 타개할 방법은 없을까….'

　나는 결국 다음 날 퇴사하겠다고 말했다.

　퇴사를 결정한 후 며칠 동안 '왜 결국 이렇게 되었는가'에 대해 생각했다. 견딜 수 없을 만큼 스트레스가 커지기 전에 할 수 있는 일은 없었을까. 여러 원인이 있었겠지만, 나 혼자 문제를 끌어안고 나누지 않아서 스트레스가 커졌다는 생각이 들었다. 팀장의 역할은 팀원에게 우산이 되어주는 것이라고 생각했다. 상사의 무리한 지시는 내 선에서 정리하고 팀원에게는 그 스트레스가 가지 않아야 한다고 생각했다(물론 난 구멍 난 투명우산이었다). 상사에겐 '이 정도는 믿고 맡길 수 있는 직원'이 돼야 한다고 생각했다. 그래서 팀원에게도, 상사에게도 못하겠다거나 무리라는 말을 하지 못했다. 일단 "괜찮습니다", "해보겠습니다"라고 말했지만 사실 안 괜찮고, 못 해먹겠다고 생각한 적도 많았다. 결국 냉각기 없는 원자력 발전소처럼 스트레스는 가열되고 폭발해버렸다.

'애착 유형 검사'라고, 타인과 관계를 맺는 방식을 알아보는 검사가 있다. 나는 네 가지 유형 중 '불안정 애착' 유형이다. 이 유형의 사람은 독립심이 높고, 문제가 생겼을 때 주변 사람과 함께 해결하기보다 혼자 고민하고 혼자 해결한다. 이 유형의 사람들이 흔히 하는 생각은 '이야기한다고 뾰족한 수가 있겠어? 나 혼자 고민하는 게 낫지'다. 나의 이런 성향이 퇴사에 영향을 주지 않았나 싶다. 주변에 나를 도와줄 수 있는 사람들이 있었음에도 혼자 문제를 키운 것이다. 뼈아프게 겪고 나서야 깨달을 수 있는 것들이 있다. 퇴사를 한 후에야 나는 이 사실을 알 수 있었다.

'퇴사하겠다'고 뱉어 놓고 나니 그제야 앞으로의 일이 걱정됐다. 기똥찬 계획을 갖고 퇴사하는 게 아니었기 때문에 '이제 뭐 해먹고 사나… 언제 또 취업해서 적응하나…' 하는 생각이 들었다. 내 손으로 내 인생을 불행의 구덩이에 집어넣는 것같아 기분이 찜찜했다. 지금보다 상황이 더 나빠지고 말 거라는 우려에 섬찟하기도 했다.

나는 불안감을 누르기 위해 아이유의 노래 〈분홍신〉을 흥얼거렸다. "내 운명을 고르자면 눈을 감고 걸어도 맞는 길을 고르지…". 가사를 곱씹으니 전두엽이 침착해지는 기분이 들었다. 이럴 때일수록 믿음이 필요했다. 스스로를 망하게 두지 않을 거라는 믿음. 그래서 지금보다 분명 더 나아질 거라는 믿음이 어느 때보다 필요했다, 라고 사뭇 비장하게 의지를 다졌으나 사실 어차피 대책도 없고 비빌 언덕도 없기에 믿을 건 나 자신뿐이긴 했다.

이렇게 2년 반의 스타트업 생활을 마쳤다. 퇴사하는 날, 모니터를 끌어안고 회사를 나왔다. 5월이었고, 5월 치고는 초여름처럼 더운 날씨였다. 퇴사하기 딱 좋은 날이라고 생각했다. 반팔을 입고 샌들을 신은 사람들이 눈에 띄었다. 며칠 전까지만 해도 나와 비슷한 직장인들이라고 생각했는데, 갑자기 아주 다른 무리 속에 혼자 남겨진 기분이 들었다. 주섬

주섬 이어폰을 꼈다. 모니터를 한 번 추켜올리고 〈분홍신〉

을 들으며 햇빛 아래로 천천히 걸어갔다.

퇴사자
인 더 하우스

**살면서 누구나 한 번은
반드시 집에 있다**

독립한 이후로 이렇게 집에서 보내는 시간이 긴 건 처음이었다. 늘 씻고 자고 출근하기 바빴다. 이제야 좀 전셋값이 안 아까운 느낌이었다. 대낮에 밀가루 반죽처럼 소파에 질펀히 누워있자니 어딘가 서먹한 느낌도 들었다. 석구가 출근하면 나는 저녁까지 혼자였다. 딱히 갈 곳도 없고 만날 사람도 없고 할 일도 없었다. 퇴사 후 일주일은 그런 생활에 약간 희열을 느꼈다. '침대에 계속 누워있어도 되네. 그러니까 점심, 저녁까지 계속 누워있어도 되는 거잖아! 내일도 모레도 쭉 이러고 있어도 아무도 뭐라고 안 하는 거잖아!' 부모님과 함께 살았다면 눈치가 보여 뭐라도 하는 시늉이라도 했을 것이다. 하지만 이 집에 나를 바른길로 인도해 줄 사람은 없다. 게으름에 취한 몸뚱어리 뿐….

　　나는 대부분의 시간에 〈기묘한 이야기〉와 〈왕좌의 게임〉을 보며 누워있었다. 그러다 먹거나 쌀 때만 겨우 일어났다. 생후 100일 이후로 가장 많이 누워있던 것 같다. 충전기를 꽂은 채 핸드폰을 보느라 왼쪽으로만 누워있었더니 라운드 숄더가 아니라 거의 구겨진 숄더가 됐다. 게다가 낮 동안 누워만 있으니 밤에 잠이 안 왔다. 12시였던 취침 시간이 새벽 2시가 되고, 새벽 4시가 됐다. 그에 따라 기상 시간도 한없이 늦어졌다. 처음엔 석구 출근 시간에 일어나 아침밥이라도 같이 먹었는데, 점점 석구가 출근할 즈음에 잠들게 되었다.

오후 두 시가 돼서야 눈을 뜬 어느 날, 나는 아주 묘한 기분이 들었다. 머리가 빙빙 돌고 몸의 근육이 다 빠져나가 제 갈길을 간 느낌이었다. 아픈 건 아닌데 그렇다고 멀쩡하지도 않은 느낌…. 나는 몇 분간 눈만 끔뻑거리며 그 상태 그대로 있었다. '일어나서 씻으면 정신이 들지 않을까. 근데 집에만 있을 건데 뭐하러 씻어, 물 아깝게…'라는 생각이 신속히 따라붙었다. 그리고 우습게도 '내가 씻든 말든 이 세상은 아무 관심이 없다. 내가 무엇을 하든 세상에 아무 영향도 끼치지 않는다'는 생각이 들었다. 그건 평화로우면서도 섬뜩한 느낌이었다. 내가 세상에 속한 것 같지 않은 기분이 들었다. 갑자기 공허한 마음이 들며 뭘 어떻게 해야 할지 모르는 상태가 되었다. 나는 무서워서 벽에 붙어 앉아 울었다.

나는 일단 밖에 나가기로 했다. 그럼 세상이 잘 돌아가고 있고, 나도 거기에 속해있다는 걸 확인할 수 있을 것 같았다. 옷을 주섬주섬 입고 슬리퍼를 끌고 밖으로 나갔다. 일주일 만이었다. 날씨가 좋았다. 일주일 전만 해도 초여름 같았는데 갑자기 한여름이 되어 있었다. 나와 상관없이 계절이 흐른 것 같아 또 슬펐다.

길을 따라 홍제천으로 갔다. 할머니 세 분이 벤치에 앉아 인절미를 잡숫고 계셨다. 그 옆 벤치에 앉았다. 개천 물이 흐르는 소리 사이사이 할머니들의 말소리가 들려오니 마음이 좀 안정되는 것 같았다. 스스로에게 '이제 어떻게 해야 할까'라는 질문을 던져보았다. 계속 처먹고 자기만 할 수는 없는 일이었다. 나는 핸드폰에서 노트 앱을 켰다. 맨 위에 '최소한의 규칙'이라고 썼다. 지금 내게는 아무 소속도 제약도 없기 때문에 지구별의 일원임을 느끼려면 최소한의 규칙이 필요했다. 신중히(라고 하기엔 그 자리에서 생각나는 걸 적었지만) 고민한 결과 다섯 가지의 규칙을 세워 지키기로 했다.

♡ 하나, 하루 한 번 산책한다 ♡

산책을 하면 인간에게 기본적으로 필요한 것들을 할 수 있다. 걷기, 시원한 공기 마시기, 햇빛 받기. 산책하는 동안 귀여운 애들과 개들, 농구하는 청소년들, 왕성한 엽록소를 자랑하는 가로수, 운동하는 할머니 등도 볼 수 있다. 세상의 온건한 것들만 모아둔 느낌이라 인류애가 충전된다. 그리고 걸으면서 이런저런 생각을 자유롭게 할 수 있다. 샤워할 때와 똥 쌀 때를 제외하고 머리가 가장 팽팽 잘 도는 시간이다. 그런 시간을 보내고 나면 기분이나, 식욕, 능률 등이 전보다 나아지는 느낌이 든다.

♡ 둘, 내 안의 어린아이를 잘 대해준다 ♡

우리는 다 자란 성인이다. 하지만 알다시피 아직 애새끼이기도 하다. 사회성이 있고 책임감 있는 나도 있지만, 관심과 사랑이 필요한 나도 있다. 내 안에는 나도 어쩌지 못하는 어린아이가 있음을 인정해야 한다. 그 아이는 이성보다 감정이 앞서고, 작은 일에도 상처받는다. 논리적으로 설득하기 어렵고 객관적이지도 않다. 이 아이가 성가시다고 외면해버리면 마음에 병이 생겨 어른스러운 나에게도 영향을 미친다. 그러니 아이를 잘 대해줘야 한다. 면접에서 떨어지거나 상처 되는 말을 들은 날엔 특히 아이를 잘 돌봐야 한다. 밀크셰이크 같이 달달한 걸 먹거나 12시간 정도 푹 자면 효과적이다. 만화책을 보거나 친구들과 보드게임을 해도 좋다. 위로의 멘트도 잊지 말자. '난 최선을 다했어. 그럼에도 결과가 안 좋은 건 어쩔 수 없어. 오늘은 쉬고 내일부터 다시 시작하는 거야' 하며 어르고 달래주자.

♡ 셋, 취침-기상 시간을 지킨다 ♡

취침-기상 시간을 사수하지 않으면 일상이 쉽게 엉망이 된다. 너무 늦게 일어나면 하루를 시작하기도 전에 망친 기분이 든다. 눈 뜨자마자 '시벌, 오늘 하루도 날렸네'라는 생각이 든다. 하루를 온전히 내가 활용할 수 있는 자원으로 느껴야 뭔가를 시작할 마음이 생긴다. 하지만 취침-기상 시간을 자율에 맡기면 순식간에 밤낮이 바뀐다. 어떤 날에는 '이렇게 기상 시간이 점점 늦어지면 24시간을 빙 돌아 다시 아침 9시에 일어나지 않을까' 하는 생각이 들 정도다. 태어나서 한 번도 알람 없이 일어난 적 없으면서, 자율 기상이 갑자기 가능하리라 생각하면 오산이다. 내 의지는 내 생각보다 늘 약하다. 그래서 나는 일어나자마자 좋아하는 일을 하자는 규칙을 정했다. 일어나자마자 선물로 받은 비싼 차를 마시는 것이다. 대신 9시에 못 일어나면 그날은 차를 마실 수 없다. 그럼에도 늦잠 자는 날이 있긴 하지만, 비몽사몽 일어나 차를 끓이는 날이 더 많아졌다.

♡ 넷, 기록한다 ♡

집에만 있다 보면 시간을 펀치기 당한 것처럼 순식간에 하루가 간다. 그래서 하루가 제멋대로 흘러가지 않게 의도적으로 시작과 끝을 만들어야 한다. 좋아하는 차를 마시며 하루를 시작하고, 기록으로 하루를 끝내는 식이다. 자기 전에 하루 동안 뭘 했는지, 기분은 어땠는지, 어떤 생각을 했는지 적었다. 나는 이걸 '트위터식 일기'라고 불렀다. 트위터에 쓰는 것처럼 짧게, 대신 매일 쓰자는 뜻이었다. 처음에는 '아침에 김치찌개를 데워 먹고, 점심에 버거킹 와퍼 세트를 시켜 먹었다'처럼 처먹은 것 위주의 초등학교 방학 숙제 같은 일기를 썼다. 하지만 익숙해지면 나름 생각을 곱씹고 정리할 수 있게 된다.

♡ 다섯, 정리에서 작은 성취감을 느낀다 ♡

수도승처럼 조용하고 규칙적인 하루를 보내다 보면 성취감을 느낄 일이 딱히 없다. 하지만 내 손으로 뭔가를 해내는 감각은 살아가는 데 생각보다 중요하다. 그래서 성취감을 느낄 일을 일부러 만들었다. 이불 정리나 설거지, 방 청소, 전자레인지 위 먼지 닦기, 인덕션 청소, 물때 청소처럼 약간의 노력을 기울이면 기분 좋은 결과를 볼 수 있는 일들이 있다. 그런 일들에서 뿌듯함을 충전했다.

예전에 취준생일 때는 '지금은 취업 준비에 집중하고 이런 건 취업 성공하면 해야지'라며 모든 필요한 일, 좋은 일을 취업 후로 미뤘다. 하지만 그러다 보니 내 삶을 취업 후로 유예하는 느낌이 들었다. 진짜 삶은 취업 후에 있고, 지금은 준비 기간 같은 느낌. 하지만 인생은 계속 흐르고, 모든 순간이 진짜다. 유예되는 삶은 없다. 그런 생각이 든 후부터는 스스로 삶을 운영하기 위한 노력을 매일 조금씩 하기 시작했다. 집을 정리하는 일은 특히 내가 내 생활을 포기하지 않고 운영한다는 느낌을 준다.

나는 이런 나만의 규칙을 정하고 뿌듯했다. 이것만 지켜도 하루가 바쁠 것 같았다. 물론 매일 규칙을 지킬 수는 없었다. 여전히 '이것 좀 하자 제발' 하며 스스로를 어르고 '오늘은 망쳤지만 내일부터 잘해보자' 하며 달랬다. 하지만 아예 그만두지 않는 것만으로도 생활은 안정감을 되찾아갔다. 남과 잘 지내기 위해 노력하는 것처럼 나와 잘 지내기 위해서도 노력이 필요하다. 평생 같이 살아야 하는 나와 모쪼록 너무 척지지 않고 협조적으로 살 수 있기를 바란다.

나의 뚱이를
찾아서

**내 이야기인 듯 내 이야기 아닌
내 이야기 같은 결혼**

서른 가까운 나이가 되면 결혼 이야기를 자주 듣는다. 눈을 감고 귀를 닫아도, '에베베베' 소리치며 도망쳐도 자꾸 들려온다. 난 결혼에 대해서라면 아무런 입장도 계획도 없다. 누군가 "너 혹시 3년 안에 운동 배울 계획이 있어?"라고 물어본다면 "나한테 잘 맞는 걸 찾으면 하고, 아니면 안 하겠지?"라고 답할 것이다. 결혼에 대해서도 똑같은 입장이다. 그러나 운동에 대해서라면 다들 끄덕끄덕하지만, 결혼에 대해서는 "이제는 진지하게 생각해 볼 때가 되지 않았는가?" 하고 엄숙히 되묻는다. 그런 이야기를 들으면 왠지 나 자신이 매사 진지하지 못한 중학생이 된 것 같은 기분이 든다. 예를 들어 "무슨 과로 진학할 거니?" "글쎄요…" "대학은 어디 갈지 정했어?" "생각해 본 적 없는데…" 같은 거다.

친구들과의 주된 수다 소재도 '연애 중인 사람'에서 '결혼할 사람'으로 바뀐다. 그런 주제가 나오면 나는 아이스아메리카노의 얼음을 아작아작 씹으며 허공을 응시한다. 결혼이라… 어느 정도 감이라도 와야 고민을 해볼 텐데, 결혼은 너무 크고 육중한 문제로 느껴져서 감히 찔러볼 수도 없다. 사실 고민을 미룰 수 있을 때까지 미루자는 심산이다. 새삼 서른에 결혼을 하고 자녀를 계획하여 낳고 기르신 어버이가 대단하게 느껴졌다.

　사실 어버이까지 갈 것도 없이 친구 중에도 이미 기혼자가 많다. 그들은 아이를 언제쯤 낳고, 육아휴직은 어떻게 쓸 것이며, 집은 언제쯤 살 수 있을지를 고민한다. 오늘 한 최대 고민이 '슬라이스 햄은 데워먹는 것인가 그냥 먹는 것인가'였던 스스로가 애새끼처럼 느껴졌다. 나의 대학 동기인 세진과 혜원도 둘 다 결혼을 전제로 연애하고 있다. 스무 살에 만난 친구들이 결혼 이야기를 꺼내니 어색하기도 하고 대견하기도 하고 '나만 두고 어디가…' 싶기도 하다. 세진과 혜원은 본인들의 연애와 결혼뿐 아니라 나의 그것에 대해 나보다도 더 지대한 관심을 보여왔다.

　"빵떡아, 일단 많이 만나보는 게 중요해. 언제 어디서 괜찮은 사람이 나타날지 몰라. 늘 너의 마음을 활짝 열어두라고."

　"우리 빵떡이는 자만추인가, 인만추인가?"

　"나는 안만추지."

　"안만추는 뭐야."

　"안 만나는 거 추구… 사람은 그냥 안 만날수록 좋은 것 같아…."

　"내 친구 왜 이렇게 나약한 소리를 하지? 나는 너를 그렇게 기르지 않았다! 안 되겠다. 클럽에 가 보자. 거기서 괜찮은 사람을 물색해보자."

세진은 별안간 분연히 일어나더니 지 좋을 대로 결론을 내렸다. 클럽 가고 싶다는 소리를 길게도 씨부린다고 생각했다. 그날 나는 처음이자 마지막으로 클럽 관람(?)을 했다. 클럽에 들어갔을 때 처음 든 생각은 '이 광란은 무엇을 위한 것인가'였다. 세진은 능숙하게 광란의 일부로 스며들었다. 그녀는 골반을 오른쪽으로 휘휘 돌리고 왼쪽으로 휘휘 돌렸다. 그 짓을 두 시간 가량이나 했다. 무엇이 그녀의 골반을 돌리게 하는 동력이었을까. 골반만큼이나 돌아버린 그녀의 눈동자를 보니 '아, 저것은 한의 정서다' 싶었다. 야근이 만들어 낸 한이었다. 나는 주위를 둘러봤다. 여기 있는 젊은이들 모두 그런 것일까. 현대 젊은이들은 매우 고달프구나. 나는 이름 모를 젊은이들의 터져나오는 고달픔을 목격하며 광란 속에 묘하게 우울했다. 나는 괜찮은 사람을 찾는 것과는 전혀 다른 깨달음을 얻고 클럽을 나왔다.

다시 결혼 이야기로 돌아가면, 이 주제가 유난히 고민스러운 이유는 이것이 단지, 나에게만 속한 문제가 아니기 때문이다. 진로나 취업은 나 자신과만 타협하면 되지만 결혼에는 타인이 낀다. 누군가가 내 배우자가 된다는 건 어떤 의미일까. 나는 우리 부모님을 떠올렸다. 내가 봐온 결혼 생활은 소규모 조직을 경영하는 일이자, 팀워크로 위기를 극복하는 스포츠고, 지난한 소통과 의사결정의 연속이었다. 그리고 배우자는 그 일을 함께 하는 파트너다. 타인과 그런 협력적이고 지지적인 관계를 맺을 수 있을까? 내게는 아주 불가능한 일로 느껴졌다.

난이도를 낮춰서 내 수준에 맞게 생각해보면 아마도 이런 관계 아닐까. 지우와 피카츄의 관계, 해리포터와 론과 헤르미온느의 관계, 캡틴과 팔콘의 관계, 스폰지밥과 뚱이의 관계…. 그렇다면 '나의 뚱이'는 어떤 사람이면 좋을까? 어떤 사람과 있을 때 가장 나답고, 가장 시너지 효과가 날까? 나는 후- 불면 날아갈 것 같은 작고 소중한 연애 경험을 바탕으로 내가 생각하는 배우자의 기준을 생각해보았다.

♡ 하나, 어떤 이야기든 다 할 수 있는 사람 ♡

내게는 두 부류의 사람이 있다. 첫 번째 부류는 말을 하기 전에 '이런 얘길 하면 저 사람의 기분이 상할까?'라는 생각이 들어서 할 이야기를 삼키거나 말을 신중히 고르게 되는 사람이다. 두 번째 부류는 내가 어떤 말을 해도 수용해주고, 감정적으로 대응하지 않을 거라는 믿음이 있는 사람이다. 내게는 이 기준이 중요하다. 나의 성향 때문이다.

나는 어떤 상황에서든 내 주장을 자신 있게 말하는 편이 아니다. 문장을 구사하는 짧은 순간에도 상대방의 눈치를 시시각각 살핀다. 상대방이 화를 낼 것 같거나 기분이 안 좋은 것 같으면 입을 꾹 다물어버린다. 때문에 수용적이고 감정적 동요가 적은 사람을 만나야, 하고 싶은 말을 편하게 할 수 있다. 뚱이의 눈치를 보는 스폰지밥은 상상할 수 없으니, 배우자와도 마찬가지로 어떤 주제로든 오래 떠들 수 있으면 좋겠다. 산책을 할 때도 잠들기 전에도 주말에 쉴 때도 가볍고 무거운 이야기를 계속 나누고 싶다. 양말의 짝이 안 맞는다는 이야기와 삶의 가치관에 대한 이야기가 자연스럽게 오가는 대화가 내 로망이다.

♡ 둘, 독립성을 존중해주는 사람 ♡

난 가끔 '결혼해도 각자의 방이 있으면 좋겠다'는 이야기를 한다. 혼자 있는 시간과 공간이 내겐 중요하기 때문이다. 서로 사랑하고 많은 부분을 공유해도, 여전히 혼자만의 비밀과 세계가 있다고 생각한다. 서로 속이고 숨기는 것이 있다는 뜻이 아니다. 나만의 비밀과 세계가 있어야 내가 나다워지고, 다른 사람들과는 다른 나만의 정체성이 만들어진다고 생각한다. 그리고 그 비밀과 세계는 혼자 있는 시간과 공간 안에서 가꿀 수 있다. 이런 생각에 동의하고 서로의 독립성을 존중해주는 사람이라면 좋은 관계를 오래 지속할 수 있을 것 같다.

♡ 셋, 일상의 작고 우스꽝스러운 순간들을 소중히 생각하는 사람 ♡

주변에서 가치관이 맞는 사람을 만나야 한다는 이야기를 많이 한다. 중요하게 생각하는 부분이 맞아야 한다는 뜻일 것이다. 성장을 중요시하는 사람도 있고 돈을 중요시하는 사람도 있을테니. 그래서 나는 어떤 걸 중요하게 여기는지 생각해봤다.

매일 밤 산책하는 것, 운동하고 아이스크림을 사먹는 것, 일요일 아침에 빵과 커피를 먹는 것, 공원에 가만히 앉아 있는 것, 하루동안 있었던 일을 이야기하며 낄낄대는 것⋯. 살짝 과장해서 나는 이런 것들을 누리기 위해 태어났다고 생각한다. 만약 내 배우자가 이런 즐거움을 모르는 사람이라면 나는 조금 불행할 것 같다.

자, 내가 이렇게 열심히 이상형을 정리했으니 이걸 어디에 제출하면 딱 맞는 사람을 보내주면 좋겠다. 하지만 사람은 주문 제작 케이크가 아니다. 원하는 사람을 만날 수 있을지는 신만이 아실 것이다. 게다가 정리하고 보니 내가 너무 이상적인 배우자상을 찾는 건가 하는 생각도 든다. 그리고 '이대로라면 우리 부모님은 근 10년 안에 축의금을 수거할 일이 없으시겠군'이라는 생각도. 하지만 다시 생각해봐도 이런 사람이 아니라면 행복할 수 없을 것 같다. 양보할 수 없는 나만의 기준이다. 행복하기 위해 결혼하는 거지, 결혼을 위해 행복을 한 수 접어 줄 수는 없는 일이다. 그렇게 생각하니 모든 것이 심플하고 명료해지는 느낌이었다.

가족

부모의 상상은
현실이 안 된다

아빠의 피 속에 흐르는
염려 DNA

나와 석구가 독립하던 날, 아빠는 몇 가지 당부 말씀을 하셨다.

"집에 친구든 누구든, 다른 사람은 들이지 말고. 부모로부터 도피한다고 생각하지도 말고. 어머니 아버지는 너네 집에 언제든 드나들 수 있으니까 허튼짓 할 생각 말고."

당부가 조금 과하게 느껴졌지만 나는 잠자코 있었다. 내가 "아니요. 그렇게는 못 하겠습니다만"이라고 했다간 아빠의 성미로는 전세 계약서를 북북 찢고, 나를 스타렉스에 실어 본가로 내려갈 것이 분명했기 때문이다. 또 이제 막 집을 얻은 자의 마음은 한없이 너그럽기도 했다. 하지만 곧 너그러움의 유통기한은 만료되고, 나는 다시금 아빠가 하신 당부의 과함에 대해 생각하게 되었다. 왜 친구조차 데려오면 안 될까? 왜 부모로부터 도피한다고 생각하셨을까? 어떤 허튼 짓을 하지 말라는 걸까?

가슴에, 필요하다면 대부분의 장기에 손을 얹고 맹세하건대, 나는 허튼짓과는 먼 학창시절을 보냈다. 미라클모닝이 유행하기 훨씬 전부터 주말이면 새벽 6시에 일어나 독서실에 갔고, 평일엔 집과 학교를 오가는 금욕적인 생활을 했다. 어떤 학창 시절을 보냈건 이런 당부를 들어야 한다면, 좀더 과격하고 골때리게 살 걸 하는 투정 비슷한 억울함이 밀려왔다.

사실 아빠가 왜 그런 얘길 했는지는 알 것도 같았다. 아빠는 나쁜 쪽으로 상상하고 미리 걱정하기로는 으뜸이기 때문이다. 그래서 나와 석구는 어릴 적부터 포크도 손에 쥐고 있던 적이 없다. 잘못하다 목구멍이나 얼굴을 찌를 수 있다는 아빠의 염려 때문이었다.

나와 석구는 이 '염려 유전자'를 그대로 물려받았다. 남들은 여행에서 즐거운 일들을 상상할 때 우린 소매치기와 바가지, 피로, 다툼 등 문제 상황을 먼저 생각한다. 우리는 단 3초만에 우리에게 일어날 수 있는 최악의 상황을 상상할 수 있고, 10초면 악당과의 난투 후 법정 소송까지 상상할 수 있다. 아무튼 이번에도 아빠의 염려가 과한 것이 분명했다.

흥에 겨워 독립할 준비를 하는 나와 석구를 보며 아빠는 상상의 나래를 펼쳤을 것이다. 나와 석구가 집에 친구들을 불러 모아 밤새 온더락으로 조니워커를 마시고, 대마초를 말아 피며 마약 밀매를 하는 상상을(만약 아빠에게 하이틴 영화를 보는 취미가 있다면 이런 상상도 충분히 가능하다). 혹은 나와 석구가 종일 먹지도 씻지도 않고 게임만 하다가 사회와 단절되는 상상을 할 수도⋯.

아빠는 씽크빅 선생님도 울고 갈 창의력을 발휘해 다채롭게 염려하셨을 것이다. 하지만 그랬다면 아빠는 딸과 아들을 너무 과대평가하신 것이다. 우리는 초대할 친구도 조니워커를 살 돈도 사회와 단절될 대범함도 없다. 국영수 위주로 공부한 공교육형 노잼 청소년이 어른이 되었다고 맹랑한 일탈을 할 리 없다. 부모의 상상은 보통 현실이 되지 않는다.

우리가 독립 후 시행한 일탈이란 그저… 나물 반찬 없이 스팸만 구워서 아침 먹기, 밤에 치킨 시켜 먹기, 주말에 10시까지 자기, 닌텐도 5시간 하기, 일주일 동안 청소 안 하기, 옷 안 걸고 바닥에 던져 두기 정도다. 쓰다보니 너무 소소해서 눈물이 난다. 나는 대단한 망나니짓을 할 그릇이 안 되는 사람이다. '망나니까진 아니고 게으름뱅이로 살겠다는 거냐'고 묻는다면 뭐… 아주 아니라고 할 수는 없다. 하지만 딱 요만큼의 자유를 원한 거지, 인생을 잘못된 방향으로 끌고 가지는 않는다.

내가 잘 되길 가장 바라는 사람은 나고, 내가 원하는 것을 가장 잘아는 사람도 나고, 나를 위해 살아갈 의지와 자제력도 갖고 있다. 종종 게으르고 종종 실패하겠지만 결국 가장 나를 위한 선택을 할 것이다. 그러니 혹시 이 글을 읽고 계신 분들 중 갓 독립한 자녀를 둔 부모님이 계시다면, 여러분의 자녀는 생각만큼 대범하지 않고, 본인 인생을 망하게 두지 않을 테니 한번 믿어주시라는 말씀을 드리고 싶다.

자식새끼 나가니 아주 편해, 엄마, 아빠가 이랬으면 좋겠다

그래야 내 마음이 편하니까

자취를 하는 친구 집에 초대를 받았다. '원룸 사는 친구한테 두루마리 휴지 한 박스를 사줘도 될까? 어디 쌓아둘 데는 있으려나…'. 넓은 데 사는 애보다 좁은 데 사는 애 집들이 선물을 고르는 게 더 어렵다. 집도 작고 화장실은 더 작고 냉장고는 있는 듯 없는 듯 작기 때문이다. 그렇다고 빈손으로 가면 욕하겠지? 결국 먹어치워버릴 수 있는 케이크를 사 갔다.

다연은 한 달 전쯤 자취를 시작했다. 다연은 대학에서 만난 친구로 어느덧 6년이 넘은 사이다. 조촐하게 집들이를 하겠다며 나를 초대했다. 분명 며칠 전엔 '아무래도 내 집 같지가 않아서 잠이 안 온다'더니 자느라 초인종 소리도 못 들더라. 속으로 마룬파이브 노래를 부르며 3/4 박자로 문을 쿵 쿵 두드린 후에야 들어갈 수 있었다.

다연의 집은 작고 깨끗했다. 침대 프레임은 비싸고 거추장스러워서 매트리스만 샀다고 했다. 창문 아래에는 크고 작은 식물들이 살고 있었다. 붙박이 옷장 옆에는 우쿨렐레와 스탠드가 세워져 있고, 좌식 의자와 책상이 한쪽에 있었다. 다연은 푹 자서 부은 얼굴로 칵테일 새우 모양 쿠션을 껴안고 나를 맞아주었다.

"그 쿠션 돈 주고 산 거야?"
"해외 직구로 3만 원 주고 샀어."

다연은 '저걸 누가 사?'에서 '누가'를 맡는 사람이다. 다연은 여전히 매트리스에서 꾸물거리며 말했다.

"그 돈 모아봤자 집도 못 사는데 사고 싶은 거 사야지."

그 말도 납득이 돼 끄덕끄덕했다. 다연에게 자취하니 좋은지 물었다. 다연은 "좋긴 뭘 좋아, 억지로 나왔는데"라고 답

했다. 독립하고 싶어서 거의 독립운동까지 할 뻔한 나로서
는 의외의 답이었다.

원래 다연은 서른 살이 될 때까지는 부모님과 함께 살
고 싶었다고 했다. 이야기를 들어보니 그때까지 직장에 다
니며 전세금을 모을 생각이었다고…. 하지만 다연의 부모님
은 얼른 다연을 내보내고 교외로 이사하고 싶어 하셨다. 특
히 다연의 아버지는 다연이 스물다섯일 때부터 얼른 결혼
해서 나가 살라고 성화셨다. 내 친구 중 대표적인 비혼주의
자인 다연은 이 때문에 아버지와 자주 옥신각신했다. 다연
은 아버지의 결혼에 대한 집착과 그 정정함으로 미루어 보
았을 때, 앞으로 20년은 더 열과 성을 다해 들볶일 예정이라
고 했다. 아버지의 잔소리를 떠올려서인지, 이사가 고됐기
때문인지 다연은 20년까진 아니지만 2년 정도는 더 늙은
얼굴이었다. 다연은 드디어 매트리스에서 한 발짝 벗어나며
말했다.

"어디에서 누구와 살 것인지 같은 선택은 오로지 내가
하면 좋겠어. 책임도 내가 지고."

"책임질 돈이 없는 게 문제 아니냐."

"음… 그건 그렇지."

"근데 무슨 말인지 이해 돼."

"게임할 때 누가 옆에서 훈수 두면 재미없잖아. 훈수 덕분에 이기더라도 그게 과연 기쁠까? 내 게임이라고 할 수 있을까? 비슷하게, 내 인생이니까 내 판단대로 살고 싶은 거지."

다연은 인생을 게임에 비유한 본인의 문학적 역량에 감탄하며 떡볶이를 배달시켰다.

나는 다연의 이야기를 들으며 우리 부모님에 대해 생각했다. 우리 부모님은 다연의 부모님과는 반대로 나와 석구를 되도록 오래 데리고 있고 싶어 했다. 내가 회사와 집이 멀어 자취하고 싶다고 할 때도 엄마, 아빠는 완고했다. 자취를 하면 그게 돈이 얼마며, 그래서는 결혼 자금은커녕 다음 달에 살 돈도 모을 수 없을 것이며, 나가 살기엔 세상이 매우 흉흉하며, 아빠는 더 멀리서도 회사에 다녔다는 이야기를 버퍼링도 없이 술술 읊으셨다. 아빠의 학창시절까지 이야기가 거슬러 올라가 온 가족이 강제로 추억에 젖어야 했다.

이런 탓에 나와 동생은 감히 고개를 들어 자취를 쳐다도 보지 못했다. 겨우 독립해서 본가를 나오던 날에도 엄마, 아빠는 "너희 결혼하기 전까진 끼고 살려고 했는데…"라는 말을, 나 들으라는 듯 중얼거리셨다. 나와 석구는 "우리도 진짜 서운해"라고 말했지만 올라가는 입꼬리와 벌렁이는 콧구멍을 감출 수 없었다. 우리에게 최대치로 서운해진 아빠는 갑자기 나에게 호통을 쳤다.

　"너! 나가서 네 마음대로 살려고 그러지?"
　"내 마음대로 안 살면 누구 마음대로 살아요?"

나와 아빠 둘 다 멍하게 서로를 쳐다봤다. 아빠에게 지기 싫어서 툭하니 뱉은 말이었는데, 생각해보니 맞는 말이었다. 내 마음대로 안 살면 누구 마음대로 사나. 독립을 해서 좋은 점은 출퇴근 시간이 줄어든 것도 있지만, 그뿐만은 아니었다.
　나는 나이가 들면서 내게서 가족이 차지하는 부분보다 나 스스로가 차지하는 비중이 점점 커졌다. 하지만 본가에서는 혼자 있을 수 있는 시간과 공간이 없었다. 대부분의 시간과 공간을 가족과 공유해야 했다. 그 나름의 좋은 점도 있었지만, 혼자만 품어야 하는 것도 분명 있었다. 나는 충분히 외로워질 수 있는 시간과 공간을 원했다. 나아가 삶의 방식을 내가 결정할 수 있었으면 했다.

　본가는 엄마, 아빠가 왕인 작은 나라다. 엄마, 아빠가 규칙을 정하고 운영하는 곳이다. 그곳에서 나는 따르는 것밖에 할 게 없었다. 내 역할만 잘하면 사랑받을 수 있는 편안한 곳이지만 그것만으로는 부족하다고 느꼈다. 어느 순간부터 엄마, 아빠가 정한 규칙에 동조할 수 없는 부분이 생겼고, 내가 원하는 방식으로 살아보고 싶다는 생각이 들었다. 그런 마음이 든 순간부터 나는 언젠가는 집을 떠나야겠다고 느꼈다.

나와 다연은 떡볶이를 비우고 매트리스에 나란히 누웠다. 나는 야반도주하듯이, 다연은 유배당하듯이, 이유야 어쨌든 둘 다 본가를 나왔다. 물리적으로 독립하긴 했지만, 앞으로 중요한 결정을 내리는 순간이 오면 아마 부모님의 영향을 받게 될 것이다. 나와 부모님의 의견이 다를 때도 많을 것이다. 그런 순간마다 우리는 부모님으로부터 벗어나려고 할 거고, 동시에 이런 마음이 부모님을 배신하거나 아프게 하는 건 아닌지 고민에 빠질 것이다. 그래서 나는 '주도적으로 결정하면서도 부모님과 원만한 관계를 유지하는 방법'이 무엇일까 고민한다. 방법이 있다고 해도 그런 아슬아슬한 고난도의 일을 우리가 해낼 수 있을까. 나와 석구가 없는 집에 이불을 펴고 누운 엄마, 아빠의 모습을 상상해 본다. 자식들의 빈자리만큼 들어찬 공기를 엄마, 아빠는 어떻게 느낄까. 먹먹함이나 허무함 같은 것일까. 아니면 나의 감상적인 예상을 깨고 '자식새끼들 없는 거 최고야! 매일 새로워!'라고 생각할 수도 있다. 기왕이면 후자이면 좋겠다. 그래야 떠나온 내가 미안해하지 않아도 되니까.

이제 갈 시간이 되었다. 다연은 나를 배웅해주러 나왔다.

"너 가면 또 외롭겠다."
"웃기시네, 나 가자마자 쿨쿨 잘 거면서."

다연에게도, 엄마, 아빠에게도 나의 빈자리가 너무 크진 않길 바라 본다.

본가의
할머니

할머니와 손녀에게 필요한,
적당한 거리

"여보세요?"

"아빠 난데~"

"어 그래그래."

"이번주 주말에 못 내려갈 거 같아. 약속이 생겨서."

"그래…? 그럼 어쩔 수 없지. 아빠야 뭐 괜찮은데 할머니가 며칠 전부터 너네 이번주엔 오냐, 다음주엔 오냐 계속 물어보셔가지구. 아유, 너네가 와서 할머니랑 도란도란 이야기도 좀 하구 그러면 할머니가 얼마나 좋아하시겠냐. 할머니가 너네 올 때마다 치킨이라도 사 맥여라 고기라도 맥여라 그러시잖니… 그래 아무튼 알았다."

아빠는 할머니가 손자 손녀를 얼마나 애달프게 보고파하시며, 그런 마음에 화답하여 내가 할머니에게 어떻게 해드리면 좋겠는지 은근히, 그러나 확실하게 어필하셨다. 나는 ARS 여론조사 음성을 듣듯이 적당히 한 귀로 흘리며 들었다.

나는 독립하기 전 20년 넘게 할머니와 함께 살았다. 하지만 어쩐지 할머니에게 살갑게 군 기억은 없다. 명절마다 고모의 딸, 아들이 와서 "할머니~ 너무너무 보고 싶었어요~"라며 할머니의 양 옆구리에 우투리의 날개처럼 붙어 있을 때마다 난 방문 앞에 우두커니 서서 '할머니가 그렇게 좋으면 아침저녁으로 얼굴 보면서 살아보시지'라고 시니컬하게 생각하곤 했다. 지금 생각해보면 걔네가 미웠다거나 하는 짓이 정말 꼴보기 싫었다기보다, 나도 걔네처럼 하고 싶었던 것 같다. 하지만 그렇게 하지 못하니 심사가 꼬였던 것이다.

우리 할머니는 일일드라마에 나오는 느낌의 할머니가 아니다. 엄마, 아빠가 야단을 쳐도 언제나 내 편이고, 나긋나긋한 목소리로 옛날 이야기를 들려주시고, 간식과 꼬깃꼬깃 접은 용돈을 챙겨주시고, "어이구 우리 똥강아지들~" 하며 손자 손녀를 반기는… 그런 할머니를 가져본 적도 없으면서 이렇게 상세히 묘사를 하다니 대체 드라마를 얼마나 많이 본 것일까.

할머니에 대해 이야기하려면 우리 가족의 히스토리에 대해 알아야 한다. 우선 할머니의 자식들로는 큰아빠, 우리 아빠, 고모가 있다. 우리 외할머니는 아빠가 장남이 아니니 엄마가 시어머니 모시고 살 일은 없으리란 생각에 시집을 보냈다고 하셨다. 하지만 큰아빠가 이혼하신 후 할머니를 모시고 살 여력이 없으셔서 엄마, 아빠가 할머니를 모시고 살게 되었다. 그게 벌써 20년이 다 되어 간다.

할머니는 항상 큰아빠 걱정을 하셨다. 고된 일을 하며 혼자 자식을 기르는 게 눈에 밟히셨던 것이다. 할머니가 생각해 낸 방법은 큰아빠네를 우리 집 근처로 불러들이는 것이었다. 당시의 할머니는 자식들에게 이리 와라 저리 가라 할 만큼 권위 있고 기세 좋은 사람이셨다. 풍채까지 좋으셔서 여장부 포스가 줄줄 흘렀다.

큰아빠의 자녀로는 딸 둘이 있다. 언니들은 할머니에게 용돈 타기를 인생 최고 재미로 알았다. 그 과정에서 언니들은 할머니와의 다툼…이라기보다 할머니의 일방적인 쌍욕과 등짝 후두려치기를 자주 겪었다.

"야이노무 쌍년들아! 너거는 돈 10만 원을 타간지가 언젠데 또 돈이 없다고 지랄이니, 어? 느이 아부지는 느이 키운다고 쎄빠지게 일하구, 어? 볼 때마다 삐쩍삐쩍 말라가지구 할머니 가슴이 찢어지는데, 느이들은 딸년들이라는 게 그저 허~ 볼 때마다 돈 달라는 소리만 해쌓고…. 이노무 쌍년들이 돈을 맽겨 놓은 줄 알고 이 썩어빠질 년들…."

할머니는 전화로든 면전에서든 이런 욕 반 소리 반 대사를 읊으셨다. 할머니와 할머니의 자식들은 하나같이 목청이 좋아 만나기만 하면 단순한 안부 인사도 재산 다툼하듯 핏대를 세우는데, 그중에서도 할머니의 목청이 으뜸이었다. 언니들뿐 아니라 나 역시 16마디의 쌍욕 플로우를 생생한 딕션으로 함께 들어야 했다. 그렇게 10년 넘게 반복 청취한 결과 이렇게 다 자란 후에도 막힘없이 줄줄 글로 쓸 수 있는 지경이 되었다.

　할머니의 전투력이 정점을 찍는 날은 단연 명절 때였다. 할머니는 전장을 누비듯 부엌과 거실을 오가며 송편과 잡채, 갈비찜을 진두지휘하셨다. 게다가 할머니는 옛날 방식을 고수했기 때문에 우리 집은 몇 년 전까지만 해도 맷돌로 녹두를 갈아 녹두전을 만들었다. 그래서 나는 박물관 견학을 가서 맷돌 체험을 하는 친구들을 보며 '애송이들…'이라고 생각하곤 했다. 그러나 할머니는 전투력에 비해 병력은 조촐했다. 명절과 제사와 김장은 오로지 우리 엄마의 몫이었다.

이런 세월을 보내며 엄마 딸인 나는 할머니와 할머니의 자식들을 조금씩 미워하게 되었다. 나는 할머니와 대놓고 갈등이 있던 적은 별로 없다. 어른들한테 돈 달라는 소리도 안 하고, 말썽 안 피우고, 조용히 학교나 다녔기 때문이다. 한 가지, 내가 10년 넘게 싫어하지만 할머니가 10년 넘게 계속 하시는 게 있다.

내가 본가에 있을 때 우리 가족은 매일 상에 둘러 앉아 같이 저녁을 먹었다. 할머니는 밥을 반 정도 드시다가 "아이고 내 밥이 많다!" 하시며 본인의 밥을 크게 한 숟갈 퍼서 내 밥그릇에 턱 얹으셨다. 나는 그게 너무 싫었다. 특히 중고등학생 때는 한창 살 찌는 것에 예민하던 때였다. 그래서 저녁 먹기 전에 늘 엄마와 입씨름을 했다.

"나 저녁 조금만 줘."

"이만큼?"

"아니, 그것도 많아."

"이 정도는 먹어야지."

"아, 많다니까."

그렇게 겨우 밥 양을 줄였는데 갑자기 할머니가 턱-하니 밥을 더했던 것이다. 게다가 드시던 밥이어서 반찬 국물이나 고춧가루가 묻어 있기 십상이었다. 내가 "할머니 저도 밥 많아요"라고 하면 "고까짓 게 뭐가 많아"라고 하셨다. 그럴 때마다 나는 밥 한 숟갈 때문에 울 것 같은 기분이 되었다. 내가 성격이 좋았다면 고까짓 밥 한 숟갈 넉살 좋게 먹었을 수도 있다. 하지만 나 역시 그런 사람은 못 됐던 것이다. 내가 유난히 짜증이 나 보이면 아빠는 조용히 찾아와 "할머니가 사랑을 표현하는 방식인 거야"라고 말했다.

나는 그때마다 여우와 두루미 이야기를 생각했다. 두루미가 자신이 쓰는 호리병에 음식을 담아 여우에게 대접했더니 여우는 전혀 음식을 먹지 못했다는 이야기. 할머니의 표현 방식은 호리병이었다. 여우인 내게는 맞지 않았다.

이렇게 나는 할머니와 가까워지지 못하고 할머니를 은근히 미워하기도 하며 자랐다. 할머니 슬하의 손자 손녀들은 불호령과 욕바가지 속에 무럭무럭 자랐고, 할머니는 그 기력을 다 쏟아내느라 차츰차츰 늙어갔다. 그렇게 올해로 할머니는 95세가 되었다. 90세가 넘어서도 할머니는 두 시간 떨어진 교회도 혼자 다녀오시고 노인정도 매일 가셨다. 그런데 코로나로 그런 소일거리도 없어지고, 얼마 전엔 화장실에서 나오다가 고관절을 다치시면서 눈에 띄게 기력이 없어지셨다. 종일 누워 있는 할머니는 불과 몇 년 전 우렁우렁한 목소리로 온갖 '년'자 돌림 단어를 구사하던 할머니와는 많이 달라보였다. 그런 할머니를 보고 있자면 뭐라고 표현하기 어려운 복잡한 마음이 든다.

할머니는 크게 아프고 나서부터 부쩍 손자 손녀를 찾으신다. 나는 주말에 본가에 가면 형식상 어디 아프신 데는 없는지 묻는다. 그럼 할머니는 나를 붙잡고 이런 저런 이야기를 하신다.

"밤새 다리가 저래서 잠을 못 잤어. 그러고 피부는 얼매나 배려운지 너 엄마가 사다준 로션을 바르는데도 그렇게

배려워. 이짝 다리는 패지지도 않고 구부려지지도 않아. 낫
지를 않을 건가배."

나는 곧 괜찮아질 거라는 말도, 병원에 가보시라는 말도 못
하고 그저 듣고만 있다. 노화로 몸이 아픈 건 곧 괜찮아지
지도 병원에 간다고 낫지도 않으니까. 물론 할머니도 알고
계실 것이다. 내게 바라시는 건 그저 '얼마나 아프셨어요, 저
도 속상해요' 같은 공감이었겠지만 나는 그조차 하지 않는
다. 나는 할머니에게 여전히 쉽게 다가갈 수가 없다. 같은 반
이긴 하지만 서로 서먹하니 친구는 아닌 아이들처럼….

　나도 어릴 땐 '왜 나와 할머니는 드라마나 교과서 표지
같은 데서 본 모습과 다를까. 정상이 아닌걸까.' 하는 생각을
했다. 하지만 성장하면서 점점 가족끼리도 잘 안 맞을 수 있
다는 사실을 받아들였다. 그런 관계는 억지로 가까이 붙일
수록 상처난 살끼리 맞대는 것처럼 덧난다. 그런 관계에는
약간의 거리가 필요하다. 상처가 맞붙지 않을 만큼의 거리,
동시에 서로가 필요할 땐 손을 뻗어줄 수 있을 정도의 거리.
각각의 관계에 맞는 적절한 거리가 있다는 걸 나는 알아가
는 중이다.

그가 내게
남긴 것들

어쩌면 나의
거울 같은 존재

"또 창문 안 잠갔어? 아빠가 늘 말하잖아, 자기 전에 집
한 바퀴 슥 돌면서 문이랑 창문이랑 꼭꼭 단속하고 자라고.
그렇게 말하는데도 안 해요. 그리고 빵떡이 너는 왜 이렇게
쪼리를 신고 여기저기 다니니? 화장실에서나 신는 걸 신고
쏘다니면 되겠냐 응? 옷은 옷걸이에 걸어 놓지도 않고~ 의자
에 다 쌓아두고~ 이불도 아침에 일어난 고대로 내비두고~
우리 따님 아주 이뻐 죽겠네 아주."

아빠가 쪼리 이야기를 꺼낸 시점부터 나는 "아요요요요~
에베베베~"하는 알 수 없는 소리를 내며 유아적인 방법으

로 듣기 싫음을 표현했다. 이런 일은 엄마, 아빠가 우리 집에 들를 때마다 반복된다. 엄마는 대화에 끼고 싶지 않다는 듯 흐느적흐느적 집 안을 돌아다니고, 아빠는 집의 모든 위험 요소와 비위생적인 요소에 대해 지치지 않고 지적한다. 이때 아빠의 눈빛이 유난히 더 반짝이는 것 같은데, 혹시 잔소리를 취미 생활로 삼으신 게 아닌지 의심스럽다.

전부터 우리 집의 싫은 소리 담당은 아빠였다. 유난히 걱정이 많고 '안 되는 것'에 대한 기준이 확고하기 때문이다. 아빠가 걱정이 많은 이유는 일부 나 때문이기도 하다. 나는 어렸을 때 자주 아팠다. 자주 코피를 쏟고 자주 토하고 신장이 안 좋아 전신마취 수술을 두 번이나 했다. 입원을 많이 한 탓에, 어릴 때 난 감기만 걸려도 무조건 입원하고 휠체어를 타는 줄 알았다. 아무튼 그때부터 아빠는 내가 먹는 것, 자는 것, 싸는 것에 관해 다방면으로 염려하기 시작했다.

그렇게 나는 골골거리는 유년기를 보내고 초등학교에 입학했다. 학교에 다니기 시작한 이후로는 건강도 좋아지고 크게 아픈 일도 별로 없었다. 하지만 아빠의 걱정 세포를 깨우는 깜짝 이벤트가 기다리고 있었으니…. 초등학교 2학년 때였는데, 나는 방에서 석구와 놀고 있었다. 빨간 불을 반짝이며 '위융-피융-' 소리가 나는 장난감을 갖고 놀았다. 어린 빵떡은 불현듯 장난감을 해부해 보고 싶다는 충동에 휩싸였다(정확한 이유는 알 수 없다).

남매는 장난감의 배를 가르고 동그랗고 납작한 자석을 획득했다. 그걸 본 빵떡은 논리적 추론 끝에, 이 자석을 먹으면 본인도 빨간 불을 반짝이며 '위융-피융-' 하는 소리를 낼 수 있을 거란 결론을 얻었다. 빵떡은 자석을 꿀꺽 삼켰다. 옆에서 석구가 "히익, 그거 먹으면 안돼! 자석 먹으면 죽어!" 하고 소리쳤다. 하지만 자석은 이미 목구멍을 넘어간 뒤였다. 얼굴이 사색이 된 빵떡은 거실에서 TV를 보던 아빠에게 갔다. 엉거주춤 벽에 기대어 작은 소리로 아빠를 불렀다.

"아빠⋯."

"왜?"

"음⋯ 혹시 자석 먹으면 죽어?"

"글쎄, 죽을 수도 있고, 아닐 수도 있지?"

"죽을 수도 있어⋯?"

"그렇지. 왜? 자석 먹었어?"

"⋯."

아빠는 그 길로 나를 둘러업고 응급실에 갔다. 이런저런 사진들을 찍은 후 의사는 "별 다른 방법은 없고, 그냥 배출하는 수밖에 없습니다. 똥으로 나올 때까지 기다리세요"라고 말했다.

그날 이후 우리 집엔 두 가지 변화가 생겼다. 첫 번째로 난 아빠의 시야 안에서만 놀 수 있었다. 내가 시야에서 사라지면 아빠는 내가 뭘 하는지 몰라도 일단 덮어놓고 "안돼~"라고 했다. 두 번째로 나는 신문지 위에 똥을 싸기 시작했다. 내가 똥을 다 싸면 엄마, 아빠가 폭탄제거반처럼 투입되어 나무젓가락으로 내 똥을 샅샅이 뒤졌다. 자석이 나왔는지 확인하기 위해서였다. 며칠간 똥을 뒤적거렸고, 마침내 자석을 찾아냈다. 엄마, 아빠는 거의 자석에 뽀뽀라도 할 것처럼 기뻐했다.

이런 일련의 일들을 겪으며 아빠는 나에 대한 걱정과 간섭을 키워왔다. 그 관성으로 내가 성인이 되어서도 아빠는 나에 대한 우려를 멈추지 않았다. 내가 진절머리 난다는 표정을 지으면 아빠는 그 옛날 자석 먹은 이야기를 꺼내며 내가 얼마나 통제 불가능하고 흉측한(?) 딸내미인지 각인시키곤 했다.

게다가 아빠는 염려왕일 뿐 아니라 고집왕이기도 하다. 그 상징과도 같은 것이 바로 본가의 열쇠다. 본가에서는 아직도 도어락이 아닌 열쇠를 쓴다. 본가에 살 때, 열쇠 챙기는 것을 깜빡해 집에 들어가지 못한 적이 많은 나는 도어락으로 바꾸자고 꾸준히 주장해 왔다. 하지만 아빠 눈에 도어락은 집을 지키기엔 한없이 맥아리 없어 보였나보다.

"팍 치면 툭 떨어지게 생겨가지고… 아빠는 그거 별로다."

금속 잠금장치의 철컥철컥 소리와 굳세고 차가운 감촉만이 아빠를 안심시키는 것 같았다. 그래서 아빠는 나와 석구가 독립해 살 집 현관문에 도어락이 달려 있는 것을 보고 상당히 못마땅해 했다. 하지만 나는 드디어 열쇠의 귀찮음에서 해방될 수 있어 아주 속 시원했다. 한 번은 명절에 할머니가 그런 이야기를 해주셨다.

"느이 아부지는 젊었을 때 명절마다 빳빳한 신권으로 용돈을 뽑아다 줬다. 그럴 필요 없다고 해도 그게 저 마음이 좋다고 꼭꼭 신권으로 뽑아다가 흰 봉투에 넣어서 주고 그랬다."

당시 신권을 준비하지 않았던 나는 '나 들으라고 하시는 말인가' 하고 입을 삐죽거렸다. 그런데 그 이야기를 들은 후로 종종 나는 빳빳한 신권을 구하기 위해 이 은행 저 은행을 뛰어다니는 아빠의 모습을 상상하게 되었다. 80년대 풍경의 거리를 분주히 다니는 아빠는 머리가 검고 풍성하다. 상상 속 아빠는 땀을 삐질삐질 흘리며 조바심 나는 표정을 하고 있다. 결국 신권을 구하고, 아빠의 얼굴은 그간의 수고로움을 잊은 듯 편안해진다…. 상상을 할 때마다 그럴 필요 없는 일임에도 굳이 그렇게 하는 아빠의 고집과 정성을 생각한다. 그리고 나를 키운 마음의 8할을 차지하고 있을, 그 마음을 생각한다.

사실 아빠의 걱정과 고집은 아빠의 것만이 아니다. 아빠는 내게 둥글넓적한 코, 연한 눈썹과 함께 걱정 많고 고집 있는 성격도 물려주었다. 내 안에는 아빠와 똑 닮은 걱정과 고집이 있다. 그래서 새로운 일을 시작할 때는 설렘보다 걱정이 앞서고, 내가 맞다고 생각하는 대로 살아야 직성이 풀린다. 한때는 이런 성격을 고치고 새로운 나, 완벽한 나로 변하고 싶었다. 하지만 그건 내가 아닌 다른 사람이 되고 싶다는 소망과 다를 바 없다. 염려와 고집까지 있어야만, 그것 덕분에 비로소 '내(나)'가 된다. 단점은 혼자서 존재하지 않는다. 단점을 부끄러워 하는 나, 단점에 상처받은 나, 단점을 인정하는 나, 단점을 잘 다루는 나, 사실은 단점이 장점이 되기도 한다는 걸 깨닫는 나 등과 함께 존재한다. 이렇게 단점은 나의 여러 모습을 끌어내고 그것들이 모여 총체적인 '나'가 된다. 그러니 어쩌면 염려와 고집이 나의 본질인 것이다.

그리고 나는 나를 파악하고 있다. 파악하기 때문에 조절할 수 있다. 나는 매일 걱정과 고집을 없애는 게 아니라, 데리고 잘 살아가는 연습을 하고 있다. '내가 또 지나치게 걱정하고 있네' 혹은 '내가 괜한 고집을 부리고 있네'라고 생각하며 그것들을 너무 부정적으로 표출하지 않도록 조심한다. 부족한 나를 다그치지 않고 단점과도 함께 살아갈 수 있는 인내심이 내게 있다고 믿는다. 그리고 이런 인내심과 믿음역시 아빠로부터 온 것이라고 생각한다.

우리 엄마
하고 싶은 거 **다** 해

**제멋대로인 인생에도
언제나 담대한 나의 인생 선배**

나는 엄마가 골라주거나 만들어주는 인테리어 소품은 웬만
하면 집에 다 들여놓는다. 그런 것들에 둘러싸여 있으면 어
쩐지 마음이 푸근하기 때문이다.

　엄마는 손재주가 좋아서 이런저런 것들을 잘 만든다.
그중에서 실로 매듭을 지어 만드는 '마크라메'라는 게 있다.
엄마는 마크라메를 만들어 우리 집에 하나둘 걸어 놓기 시
작하더니, 이제는 사방을 마크라메로 채워 놓았다. 커튼, 화
분걸이, 드림캐쳐, 다용도 주머니 등등. 어쩐지 푸근한 인상
의 50대 아주머니가 운영하는 카페 같은 인테리어가 되어버
렸다. 어디서 말린 꽃을 구해와 마크라메 사이에 쏙 꽂고 흡

족한 표정을 짓는 엄마를 보며, 나는 '그래, 우리 엄마 하고
싶은 거 다 해…'라고 생각한다.

난 어릴 때부터 엄마가 좋았다. 엄마의 온화함과 평온함이
좋았다. 감정 기복이 심한 엄마는 상상할 수 없었다. 엄마가
화를 낼 때는 내게 명명백백한 잘못이 있을 때뿐이다. 엄마
는 나를 혼낼 때 단호하고도 차분한 목소리로 내 죄목이 무
엇인지 설명했다. 이러한 어머니를 두는 것이 자녀의 정서
에 좋기는 하겠지만, 자녀 입장에서는 말싸움으로 절대 이
길 수 없다는 단점도 있다.

　엄마의 이런 죄목 구술 능력과 논리력은 아무래도 책
에서 온 것 같다. 가족 중 책을 가장 많이 읽는 사람은 엄마
였다. 집 식탁, 소파, TV 옆엔 항상 책이 있었다. 엄마는 주
말이면 나와 석구를 데리고 도서관에 갔다. 우리는 도서관
에 도착하면 일사불란하게 흩어져 읽을 책을 골라 왔다. 나
는 보통《그리스 로마 신화》나《무인도에서 살아남기》,《무
서운 게 딱! 좋아!》같은 만화책을 들고 나타났다. 엄마는 내
가 뭘 읽든 별로 상관하지 않았다. 덕분에 그때 종이와 글자
에 대한 흥미를 가질 수 있었다. 도서관에서 돌아올 때는 가

져간 장바구니에 책을 두둑이 담아서 손잡이를 한 쪽씩 나눠 쥐고 왔다. 석구와 가위바위보를 하며 진 사람이 장바구니를 들기도 하고, 시답지 않은 이야기를 큰 소리로 지껄이기도 했다.

엄마는 책도 많이 읽었지만 공부도 잘했다. 서울에서 대학을 졸업하고 큰 무역 회사에서 일했다. 회사에 다니다가 서른 살에 아빠와 선을 보고 결혼했다. 결혼한 뒤에는 다니던 회사를 그만두고 아빠를 따라 대구로 내려왔고, 거기서 나와 석구를 낳았다.

우리가 아주 어릴 때를 빼면 엄마는 항상 일을 했다. 이마트 시계 판매 코너에서 일했고, 도서관 사서로 일했고, 직업 상담사로 일했고, 시청에서 일했고, 주민센터에서 일했다. 아빠가 일이 없을 때는 엄마가 가장이었다. 엄마가 퇴근하는 시간에 맞춰 아빠 손을 잡고 버스 정류장으로 엄마를 데리러 나갔던 기억이 난다. 도착하는 모든 버스에서 내리는 모든 사람들의 얼굴을 살피다가 그중에 엄마 얼굴이 보이면 쪼르르 뛰어갔다.

엄마와 아빠가 결혼하기 전 외할머니는 자주 가던 철학관에 두 사람의 궁합을 물어보셨는데, 사주를 보는 분이 둘이 부부가 될 궁합이라고, 천생연분이라 했다고 한다. 외할머니가 그 이야기를 할 때마다 나는, 아빠가 엄마와 결혼하는 데 운을 다 썼다고 생각했다. 다혈질이고 고집 센 아빠를 엄마가 늘 받아주기 때문이다. 아빠가 다혈질이라 생긴 에피소드들도 많다.

언젠가 설에 외가에 갔을 때의 일이다. 외가는 연립주택이었고, 우리는 마당에 차를 주차해두었다. 다같이 설 특선 영화를 보고 있었는데 차를 빼 달라는 전화가 왔다. 아빠는 차를 빼러 나갔다. 그런데 얼마 후 밖에서 "야 이 개애새끼야!"라는 우렁찬 욕설이 들렸다. 우리는 먹고 있던 약과를 집어던지고 호다닥 뛰어나갔다. 나가 보니 봄날의 벚꽃처럼 아저씨들끼리 싸움이 한창이었다. 피차 탈모인이라 머리채 잡는 상황만 겨우 면한 듯 보였다. 싸움의 이유는, 우리 차가 오토바이 한 대를 가로막고 있기 때문이었다. 오토바이 주인은 차를 빼러 나온 아빠에게 '왜 큰 차를 여기 세워두냐, 이런 차는 못 들어오게 말뚝을 박아야 한다' 같은 말을 했다. 그런 소릴 듣고 가만히 참고만 있을 아빠가 아니었다. 아빠는 마동석과 같은 근력과 골격은 없으나 마음만은 마동석의 그것과 같아서 화가 나면 굉장한 헐리우드 액션을 선보인다. 아빠는 마당을 이리저리 뛰어 다니며 한쪽에 있던 물통과 화분을 들었다 났다, 던질까 말까했다. 화를 참지 못하고 장인어른과 장모님 사는 곳에서 그 난리를 피우다니…. 일이 좀 잠잠해진 후에 나는 엄마에게 물었다.

"엄마는 왜 이렇게 다혈질인 남자랑 결혼했어?"
"그야… 사귈 땐 그런 성격인 줄 몰랐지…."

엄마는 그렇게 다혈질인 줄 몰랐던 남자와 결혼하여 지금은 시어머니를 모시고 경기도에 살고있다. 외할머니와 외할아버지는 서울에 계셔서 보통 명절이나 생신 때에 찾아 뵌다. 그런데 어느 날 외할아버지가 산책을 하시다가 심한 어지러움을 느끼고 쓰러지시는 일이 있었다. 다행히 주변에 있던 분이 119를 불러 빨리 병원에 가실 수 있었다. 소식을 들은 엄마는 반찬를 싸고 서울에 올라왔다. 엄마는 외할아버지를 간호하며 서울에서 두 밤을 잤다. 더 있고 싶었지만 본가에 할머니가 계시기 때문에 엄마는 가야 했다.

엄마가 내려가던 날 외할아버지는 엄마에게 "너 결혼하고 가장 오래 있다가 가는구나"라고 말씀하셨다. 돌이켜 생각해보면 외가에서 이틀 넘게 있던 적이 없었다. 엄마는 병원을 나와 지하철역에 가며 울었다. 몸이 두 개면 좋겠다고 했다. 하나는 시어머니를 모시고 하나는 부모님을 모실 수 있도록…. 원래 딸은 엄마가 울면 같이 울기 때문에 이야기를 들으며 나도 조금 울었다. 몸이 두 개이고 싶은 이유가 슬퍼서, 혼자 조금 더 울었다.

엄마는 20년 동안 시어머니를 모셔왔고, 일을 쉴 수 없었고, 부모님도 자주 뵙질 못했다. 분명 엄마의 인생에 좋은 일도 많았겠지만, 어쩐지 내 마음엔 이런 것들만 소화되지 않고 걸려있다. 내가 이런 생각을 한다는 걸 알면 엄마는 슬퍼할 것이다. 엄마는 과거의 선택을 곱씹으며 후회하는 사람이 아니기 때문이다. 고등학생 때 진로를 정해야 하는 시기에 엄마는 내게 말했다.

"선택은 그냥 선택이야. 선택 자체에 좋고 나쁜 건 없어. 하지만 선택을 했으면 그땐 최선을 다해야 해. 너의 선택을 옳은 것으로 만드는 방법은 그것밖에 없어."

엄마는 내게 말한 대로 살아왔다. 선택에 최선을 다하며. 엄마는 즐거움만 취하고 고통은 버리기 위한 선택을 하지 않았다. 어떤 선택이든 즐거움과 고통이 모두 수반된다는 걸 알고, 그것에 일희일비하지 않고 나아갔다.

언젠가 집에서 엄마, 아빠와 육아 예능을 보면서 같이 맥주를 마셨다. 엄마는 TV를 보면서 "우리가 지금 애들을 키웠으면 더 잘 키울 수 있었을까?"라고 물었다. 아빠는 "더 잘 키우는 건 모르겠고, 더 많이 해줄 수 있지 않을까? 옛날 엔 해 주고 싶어도 못해준 게 있었거든" 하고 답했다. 잠시 생각하던 엄마는 이렇게 말했다.

"나는 이 이상 더 잘 못 키워. 나는 내 자식들한테 아주 만족해."

나는 엄마다운 답변이라고 생각했다. 나는 엄마를 생각하면 김영하의 《나는 나를 파괴할 권리가 있다》라는 소설의 한 문장이 떠오른다. "내게 인생이란 제멋대로인 그런 거였어요. 언제나 내 뜻과는 상관없는 곳에 내가 가 있곤 했거든요."

엄마는 제멋대로인 인생 속에서 할 수 있는 최선을 다해 살아왔다. 그래서 엄마는 "그때 그랬었어야 했는데" "더 잘하지 못해서 후회돼"라는 말을 하지 않는다. 나는 엄마가 엄마의 선택과 최선의 노력으로 만든 현재에서, 행복할 수 있는 한 가장 행복하면 좋겠다. 자신의 뜻과 상관없이 제멋대로였던 엄마의 삶에 대해 내가 확언할 수 있는 건 이것뿐이다.

늬들이 어젯밤
어디서 **잤**는지 알고 있다

다시 생각해도
아찔한 그 순간

자취하면서 가장 아찔했던 순간을 꼽으라면 생각나는 사건
이 하나 있다. 거대 바퀴벌레가 출몰했을 때도 그때만큼 식
은땀이 나지는 않았다. 그때를 생각하면 심장이 빨리 뛰어
몸에 피가 원활히 공급돼 혈색이 좋아지는 느낌이다. 때는
자취한 지 3~4개월 정도 된 여름 날이었다⋯.

여느 날과 다름없이 나는 회사에서 일을 하고 있었다.
그때 아빠로부터 카톡이 하나 도착했다.

'빵떡아, 너 교통카드 내역 엄마가 다 확인했어. 어디서
몇 시에 차 타고 내렸는지 다 나와. 무슨 뜻인지 알지? 주말

에 집에 오면 이야기 좀 하자.'

우리나라에는 당황스러운 상황을 표현하는 여러 가지 관용구가 있다. 하늘이 노랗다든가 심장이 철렁하다든가 간이 떨어지다든가… 먼지 쌓인 구닥다리 표현으로만 여겼던 문장들이 한꺼번에 나를 습격해왔다. 하늘이 떨어지고 심장이 노래지며 간이 철렁했다. 그간의 외박과 밤늦은 귀가가 머릿속을 스쳤다. 뻔뻔하게 '집에 도착했어~^^'라고 카톡을 보내던 가증스러운 내 모습까지…. 사건의 발단은 이러했다.

　나와 석구는 독립하면서 생활비나 전기세, 수도세 등을 우리가 부담하기 시작했다. 그런데 교통비는 예외였다. 아빠가 어쩐지 선심 쓰듯 아빠 명의의 교통카드를 쓰라고 한 것이다. 나와 석구는 올타꾸나 하며 사양 않고 카드를 받았다. 그렇다. 미끼를 덥썩 물어버린 것이다. 후불 교통카드로 행선지와 시간을 조회할 수 있으리라고 누가 알았겠는가. 인생은 늘 예상치 못한 방법으로 뒤통수를 후려친다. 집에 가는 길, 나는 추락하는 주가를 실시간으로 목격하는 투자자처럼 조바심을 치다가 넋이 나갔다가 했다.

'왜 진작 교통카드를 새로 만들지 않았을까… 우리 어머니는 인터넷으로 교통카드 내역도 확인할 줄 아시고… 참으로 컴퓨터 친화적이셔라… KB카드는 왜 그런 것까지 다 보여주고 그럴까 친절도 하지…'

국민은행에 대한 반감까지 생기려던 차에 집에 도착했다. 딱 보니 석구도 아빠에게 비슷한 카톡을 받은 듯했다. 석구는 바닥에 널브러져 흐릿한 눈빛으로 나를 올려다봤다. 우리는 동병상련에서 오는 애달픈 우애를 느끼며 한동안 탄식했다.

　"엄마, 아빠가 어디까지 알고 있는 걸까."

　"모든 걸 알고 계실 걸… 내가 검색해 봤더니 카드 내역 조회하면 최근 4개월간 승하차 위치랑 시간까지 다 나온대."

　"그런 기능은 왜 있는 거냐 도대체."

　"몰라… 근데 우리 이제 이십대 후반인데, 어디 다녔는지 확인하시는 건 너무한 거 아니냐."

　"나 너무 스트레스 받았더니 위가 다 아프다."

우리는 동그란 나무 테이블에 마주 앉아 대책을 강구했다. 온건파인 나는 진심 어린 사죄와 눈물의 호소만이 답이라고 주장했다. 강경파인 석구는 우리 나이가 벌써 스물보단 서른에 가까운데 외박도 좀 할 수 있는 거 아니냐고 맞섰다. 우리 부모님은 학점이나 진로에 대해선 '너희 알아서 잘' 정도의 입장이셨지만, 늦은 귀가와 외박에 대해선 어림없으셨다. 그냥, 무조건, 아무튼 안 되는 일이었다. 아들, 딸 예외는 없었다.

한 번은 부모님이 "외박은 위험하다"셔서 내가 "밤 10시에 두 시간 걸려 집에 오는 게 더 위험합니다"라고 했다가 밥상이 들썩거리는 경험을 했다. 아빠는 대학 가더니 말대꾸만 늘었다며 역정을 내셨다. 아버지, 말은 원래 대꾸하는 게 맞습니다만… 친구들은 '자유는 싸워서 쟁취하는 거다. 말없이 외박 몇 번 하면 통금 없어질 거다'라고 말했다. 하지만 평생을 갈등 회피형으로 살아온 내가 갑작스레 전투 민족이 되는 건 무리였다.

늦게 귀가하는 날이면 내 걱정에 잠 못드는 엄마와 뒷목 잡고 있는 아빠 생각에 초조했다. 물론 걱정한 것치곤 생각보다 쿨쿨 잘 주무시고 계실 때도 있었다. 우리 부모님 불면증은 없으신 것 같아 안심이었다. 아무튼 나는 쟁취하기보다 서서히 포기하는 쪽을 택했다. 친구들이 여행 가자고 하면 이런저런 핑계를 대 거절했다. 늦게 파할 것 같은 술자리는 아예 가지 않았다. 부모님 입장에선 내가 철이 들었다고 생각하셨을지도 모른다. 주말이 되었다. 우리는 두근두근한 마음으로 본가에 내려갔다. 우린 어느 정도 우리의 주장과 논리적 근거를 준비했다. 하지만 곧 얼마나 쓸데없는 짓을 했는지 깨닫게 되는데… 우리의 이야기를 들은 아빠가 '그게 무슨 인천 공항에 배 들어오는 소리냐'는 어이 없다는 표정을 지었기 때문이다.

"그게 무슨 소리야, 어? 너네 그렇게 살라고 독립시켜 준 줄 알아? 이제 나가 산다고 엄마, 아빠가 아주 우습게 보이지? 나가 살아도 집에서 사는 것처럼 행동 똑바로 하고 살아. 알겠어?"

나는 논리를 펼치기도 전에 단칼에 거절당해서 머쓱한 기분이 되었다. 문장마다 반박하고 싶었지만 입이 떨어지지 않았다. 서울로 돌아오는 길, 나와 석구는 패잔병처럼 생기가 없었다. 부모님의 '안돼'는 너무 크고 강력한 '안돼'였다. 반박해서는 안 되는 신성한 것이었다. 의문을 제기하는 순간 분위기는 얼어붙었다. 자식 이기는 부모 없다지만 우리는 부모님의 '안돼'에 주로 졌다.

교통카드 사건이 있은 후 2년 정도가 지났다. 아직도 엄마, 아빠는 내가 퇴근하고 집에 잘 들어갔는지 확인하고 싶어하신다. 그래도 귀가 시간이나 여행에 대한 제재는 상당히 완화되었다(쓰고 보니 무슨 국가간 교역 상황을 브리핑하는 것 같다). 그간 나와 석구가 큰 사고나 질병 없이 잘 지냈기 때문에 부모님도 조금 안심하시는 것 같다. 이제는 엄마, 아빠가 허락해도 나를 재워줄 친구가 별로 없긴 하지만….

나처럼 20대 초중반에 귀가 시간이나 외박 관련한 갈등을 겪는 사람들이 많은 것 같다. 인터넷에 '외박', '부모님', '갈등' 등을 검색해 보면 내가 했던 것과 비슷한 고민들을 많이 볼 수 있다. 고민에 달리는 답변은 '경제적으로 100% 독립하세요', '자취가 답입니다', '아무리 설득해도 부모님은 바뀌지 않습니다' 같이 부모님과 멀어지길 권하는 내용이 많다. 갈등이 클수록 해결 방법은 극단적이다. 인터넷에 도는 짤 중에는 이런 것도 있다.

'딸 엄하게 키우면 정말 착한 딸이 될 것 같나요? 아닙니다. 존나 치밀하게 계획 짜는 도라방스 됨. 그냥 적당히 좀 했으면 서로 솔직할 수 있었는데.'

이 짤에 아주 많은 20대 딸래미들이 '이거 난데?'라는 댓글을 달며 공감했다.

사실 어떤 방식이 최선인지 지금도 잘 모르겠다. 그때로 다시 돌아가도 별다른 수가 없을 것 같기도 하다. 한쪽이 '아무튼 안 돼'라고 나오는 상황에서는 다른 한쪽이 이해와 공감을 원해도 소용이 없다. 그러니 '탈출하자' 혹은 '속이자'로 해결법이 기우는 것이다. 얽매여 있거나 완전히 벗어나거나 둘 중 하나를 택하게 된다. 둘 사이 어딘가에서 중도를 찾을 수는 없을까. 어느 정도는 서로 얽혀 있으면서 어느 정도는 자율적인 관계. 부모와 자식은 그렇게 될 수 있을까. '그냥' '아무튼' '무조건'이 아니라, 조건과 이유를 갖고 서로의 삶에 긍정적으로 관여하는 관계가 될 수 있기를, 그 어려운 일을 해낼 수 있기를 바라본다.

에필로그

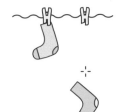

《엄마는 모르는 스무 살 자취생활》이라는 이 책의 제목은 반은 진실이고 반은 거짓이다. 일단 거짓부터 말하자면, 나는 스무 살이 아니다. 아니기만 한 게 아니라 서른 살에 훨씬 가깝다. 이 책이 출판된다면 나는 지인들에게 "스무 살도 아닌데 왜 스무 살이라고 하냐"는 놀림과 비난과 윽박을 받게 될 것이다. 진땀을 빼며 일일이 변명하는 나의 모습이 어렵지 않게 그려진다. 그러나 '엄마는 모르는 스무 살보다는 서른 살에 가까운 애매한 사람의 자취생활'이라고 제목을 짓는다면 흥미가 떨어질 게 뻔하니, 시적 허용처럼 '제목적 허용'이라고 생각해주시면 감사하겠다.

이제 남은 절반의 진실을 말씀드리겠다. 우리 부모님은 이 책의 출판 사실을 모른다. 정말로 '엄마는 모르는' 자취생활인 것이다. 책 출간과 같은 경사를 말씀드리지 않은 이유는, 아직도 현재 진행형인 귀가 시간 문제, 내가 본가에서 네 시간 통근하며 느꼈던 울분, 가족에 대한 솔직한 생각 등을 꽤 적나라하게 썼기 때문이다. 엄마, 아빠가 읽으면 배신감을 느낄지도 모른다("내가 널 어떻게 키웠는데!"라고 소리치는 부모님의 모습을 상상했다). 부모님께 '딸이 이렇게 무어라도 열심히 하며 살고 있습니다'를 알릴 몇 안 되는 기회였는데 그러지 못해 안타까울 따름이다.

부모님께 알리지 않기로 정한 후 나는 한 가지 딜레마에 빠졌다. '책이 너무 잘 팔려서 내가 엄청나게 유명해지면 어떡하지? 그래서 엄마, 아빠가 알게 된다면? 책이 안 팔리길 바라야 하나? 하지만 많이 팔려야 하는데…' 내가 이런 고민을 하니 석구가 "엄마, 아빠가 알 정도로 유명해질 일은 없다"고 차갑게 말해 먹던 김칫국을 다 토해낼 수 있었다.

　　말이 나온 김에 석구 얘기를 좀 하자면, 나는 석구를 책에 이렇게까지 많이 등장시킬 생각이 없었다. 하지만 책의 소재가 자취생활인만큼 동거인인 석구의 비중은 자연스럽게 높아졌다. 결국 표지에도 등장하게 되었다. 표지 시안이 나왔을 때 석구에게 보여주었는데 나보다 더 좋아했다. 그간 글에서 희화화된 수모와 훼손된 명예가 회복된 듯한 표정이었다. 석구는 흔쾌히 내 글의 소재가 되어주었다. 내가 쓴 글을 읽고 늘 재미있어하고, 피드백도 주었다. 책 출간의 공로에 2% 정도는 석구에게 돌릴 의향이 있다(98%는 내 공이다).

책을 쓰면서 처음 독립했을 때부터 지금까지의 시간을 돌아보았다. 모든 일에는 처음이 있는데, 나는 주로 그 처음을 빨리 보내고 잊으려 한다. 왜냐하면 처음은 어색하고 서투르기 때문이다. 하지만 이번엔 글을 써야 하니 그때의 시간을 낱낱이 떠올려야만 했다. 얼마나 분주하고 치열하고 구렸는지 아주 새록새록 수치스러웠다. 하지만 생각해보면 조금이나마 안정적이고 여유로운 지금의 나를 만들어준 건 그때의 나다. 그렇게 생각하면 어색하고 서투른 나는 필연적이고 또 고마운 존재다.

이 책 어딘가에 이런 문장을 썼다. "인내심을 가지고 남들을 기다려주는 것처럼, 스스로에게 너무 야박하게 굴지 말고 조금 더 지켜봐주자". 우리는 스스로에게 박하게 구는 경향이 있다. 자신의 못하는 모습을 견디고 기다리는 마음이 점점 부족해져서 그렇다. 하지만 이 책 속의 나처럼 '처음'은 누구에게나 생경하고 아차 싶은 순간의 연속이다. 그러니 어색하고 서투른, 사실 필연적이고 고마운 나의 처음에게 조금 더 너그러워도 괜찮을 것이다. 독립을 비롯한, 처음을 지나는 모든 사람에게 이 말을 꼭 하고 싶었다. 언젠가 이렇게 이야깃거리가 되기도 하고, 운이 좋으면 책이 되기도 하니, 너무 무겁지 않게 처음을 지나 주시길.

© 빵떡씨, 2022

초판 1쇄 인쇄일 | 2022년 10월 11일
초판 1쇄 발행일 | 2022년 10월 17일

지은이 | 빵떡씨
펴낸이 | 정은영
편 집 | 이현진 전지영
마케팅 | 최금순 오세미 공태희
제 작 | 홍동근

펴낸곳 | (주)자음과모음
출판등록 | 2001년 11월 28일 제2001-000259호
주 소 | 10881 경기도 파주시 회동길 325-20
전 화 | 편집부 (02)324-2347, 경영지원부 (02)325-6047
팩 스 | 편집부 (02)324-2348, 경영지원부 (02)2648-1311
이메일 | munhak@jamobook.com

ISBN 978-89-544-4853-6 (03810)